# A MARCA de uma LÁGRIMA

5ª edição

Melhor livro juvenil – 1986
Associação Paulista
dos Críticos de Arte – APCA

# PEDRO BANDEIRA

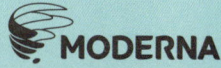

© PEDRO BANDEIRA 2020

1ª edição 1985
2ª edição 1994
3ª edição 2003
4ª edição 2010

| | |
|---|---|
| *Direção editorial* | **Maristela Petrili de Almeida Leite** |
| *Coordenação de edição de texto* | **Marília Mendes** |
| *Edição de texto* | **Patrícia Capano Sanchez,** |
| | **Ana Caroline Eden,** |
| | **Thiago Teixeira Lopes** |
| *Coordenação de edição de arte* | **Camila Fiorenza** |
| *Projeto gráfico e diagramação* | **Rafael Nobre, Isabela Jordani** |
| *Coordenação de revisão* | **Elaine Cristina del Nero** |
| *Revisão* | **Nair Hitomi Kayo** |
| *Coordenação de bureau* | **Rubens M. Rodrigues** |
| *Pré-impressão* | **Everton Luís de Oliveira Silva,** |
| | **Vitória Sousa** |
| *Coordenação de Produção Industrial* | **Wendell Jim C. Monteiro** |
| *Impressão e acabamento* | **Gráfica Star7** |
| *Lote* | **797380** |
| *Código* | **120001502** |

Dados Internacionais de Catalogação na Publicação
(CIP)(Câmara Brasileira do Livro, SP, Brasil)

Bandeira, Pedro
A marca de uma lágrima / Pedro Bandeira. — 5. ed.
— São Paulo : Moderna, 2020. — (Série paixão sem fim)

ISBN 978-65-5779-529-3

1. Literatura infantojuvenil I. Título II. Série.

20-46437                                CDD-028.5

Índices para catálogo sistemático:
1. Literatura infantojuvenil 028.5

Aline Graziele Benitez - Bibliotecária - CRB-1/3129

Reprodução proibida. Art.184 do Código Penal e Lei 9.610
de 19 de fevereiro de 1998.
Todos os direitos reservados

**EDITORA MODERNA LTDA.**
Rua Padre Adelino, 758 – Belenzinho
São Paulo – SP – CEP: 03303-904
Central de atendimento: (11)2790-1300
www.modernaliteratura.com.br
Impresso no Brasil
2025

Para Maristela, minha primeira editora.

## I · Paixão que nasce

    Uma gota de sangue 10
    Lindo como um deus 17
    Um domingo de espera 26
    A primeira marca 32
    Na escuridão do laboratório 40
    Um poema para Cristiano 49
    Só, com o inimigo 61
    A paixão e o tormento 67
    A segunda promessa 75
    Perdas de amor 85

## II · Paixão que mata

    Um pouco de veneno 100
    Da morte não sei o dia 115
    A sombra de um pesadelo 122
    A última carta 135
    Eu nunca te amei... 146
    Não há salvação 159

## III · Paixão que ressuscita

    Eu sei que ele me ama... 176
    Isso ninguém vai me tirar! 187

# 1. Paixão que nasce

# Uma de sangue

# gota

Aquele era o seu pior inimigo. O mais cruel, o mais cínico, o mais impiedoso. Um inimigo que falava a verdade. Sempre. Sempre a verdade. Toda aquela verdade que Isabel conhecia muito bem e que nunca a abandonava.

Ainda com a escova de cabelo na mão, Isabel não podia deixar de encará-lo. Lá estava ele, encarando a garota de volta, com os próprios olhos da menina. De um lado, eles estavam molhados. Do outro, refletiam-se gelados, vítreos, sem compaixão.

— Feia...

Isabel sufocou um soluço.

— Gorda...

Uma lágrima formou-se na pontinha da pálpebra.

— Que óculos horrorosos...

Como um bichinho que foge, a lágrima saiu da toca e foi esconder-se no aro dos óculos.

— Você plantou uma rosa no nariz, é?

— Cale a boca... por favor...

Já mais grossa, a lágrima livrou-se dos óculos e escorreu pelo rosto de Isabel.

— Sabe que essa rosa vai ficar amarela? Amarela e grande...

A lágrima penetrou-lhe pelos lábios e Isabel reconheceu aquele gosto salgado, tão comum e tão amargo em momentos como aquele.

— Por favor... me deixe em paz...

— Você vai espremer a rosa amarela. O seu nariz vai inchar...

Os lábios de Isabel apertaram-se, molhados, sem palavras. Aquela garota, que sempre tinha resposta para tudo, sempre uma gozação na hora certa, tiradas de gênio que deixavam qualquer provocador sem graça, não sabia o que dizer quando seu grande inimigo apontava sadicamente cada ponto fraco que havia para apontar.

— ... e você vai ter vergonha de voltar às aulas na semana que vem...

A raiva foi tanta que a escova de cabelo voou com força, acertando o inimigo em cheio, bem na cara.

— Isabel! Venha cá. Morreu aí no banheiro, é?

O chamado penetrou-lhe os ouvidos, acordando a menina do pesadelo que ela sofria acordada. A voz irritante da mãe, estridente como uma campainha de despertador. Devia estar com enxaqueca, como sempre. Na certa ia reclamar de alguma coisa, exigir que a filha respeitasse pelo menos sua dor de cabeça, queixar-se de...

O combate com o inimigo estava suspenso, por hora. Isabel sacudiu a cabeça, como se despertasse, e esfregou o rosto, apagando as marcas da luta. Uma última olhada para o inimigo. Ele a olhou de volta, agora com uma rachadura de alto a baixo.

"Sete anos de azar!", pensou Isabel. "Ah, o que são sete, para quem já viveu quatorze dos anos mais azarados do mundo?"

— Isabel! — ainda mais irritada, a voz da mãe invadiu o banheiro. — Não me ouviu chamar?

"Quatorze anos de azar!", ainda pensava a menina ao abrir a porta. "Será que minha mãe quebrou *dois* espelhos quando eu nasci?"

---

A mãe apertava as têmporas com as mãos, como se a cabeça fosse cair se ela a largasse.

— Você sabe que eu não posso gritar, Isabel. Você devia...

— Está bem, mãe. O que você quer?

— Ai, ai. Tia Adelaide acabou de telefonar. É o aniversário do Cristiano e ela faz questão que você vá.

— Cristiano? Que Cristiano?

— O seu primo, ora. Não se lembra dele? Vocês brincavam tanto...

— Ah, mãe! Isso já faz um século...

— É, faz tempo mesmo. Também, Adelaide foi casar-se com um homem que não para em nenhum lugar! Não sei o que tanto tem aquele sujeito de se mudar de cidade. Mas parece que desta vez vai sossegar. Ele está bem de vida, agora. Montou uma casa que é uma beleza. Adelaide vai fazer uma festa para o Cristiano que...

— Que droga! Aniversário de criança!

— Cristiano faz dezesseis anos, Isabel.

— Eu não quero ir.

— Não discuta, Isabel. Minha cabeça está me matando!

---

— É claro que eu vou! — concordou Rosana, do outro lado da linha. — As férias estão no fim mesmo, e os programas andam raros. Acho até gozado: sempre sou eu quem tem de arrastar você para alguma festa, mas você sempre arranja uma desculpa, sempre tem de estudar...

— Acontece que eu não quero ir sozinha, Rosana — desculpou-se Isabel, como se estivesse convidando a amiga para uma sessão de tortura. — Minha mãe *exige* que eu vá. É o aniversário de Cristiano, um primo que eu não vejo há anos. Dizem que sempre foi o melhor aluno da classe. Um chato! E o pior é que ele foi transferido para o nosso colégio. A partir de segunda-feira, vou ter de conviver com o chatinho a vida inteira. Faltam só dois dias... A festa deve ser tão chata quanto ele. A gente fica só um pouquinho e...

— Já disse que vou, Isabel. Uma festa é uma festa. E esta não deve ser mais chata do que as outras...

Lá estava ele de novo. O inimigo, agora rachado de cima a baixo, dizendo para Isabel que ela ficava medonha com aquela blusa, que seu cabelo estava um lixo, que todo mundo ia rir dela na festa...

— Todos riem, não é? Só que eu nunca dou tempo para que riam *de* mim. Eles têm de rir *do que* eu digo. Têm de rir *comigo*, na hora em que *eu* quero que eles riam. Todo mundo ri do que eu digo, não é? Isabel, a grande gozadora! Isabel, a contadora de casos. Vamos, riam todos com Isabel!

*Levemente seus dedos tocaram a face fria do* **inimigo** *bem na rachadura. Lentamente seus dedos percorreram a borda quebrada, tateando como um cego que procura reconhecer alguém.*

— Todos riem... mas eu não queria tantos risos. Eu queria um sorriso apenas. Um só. Queria estar quieta e ver alguém aproximar-se, olhando nos meus olhos... sorrindo... Eu sorriria de volta, e nada mais precisaria ser dito...

Isabel deixou as lágrimas correrem fartas pelo rosto. Foi aí que o inimigo resolveu feri-la mais fundo e cortou-lhe o dedo com a borda da rachadura. Num gesto maquinal, a menina levou o dedo à boca, chupando o ferimento. Na rachadura, no peito do inimigo, ficou uma gota de sangue.

O dedo não doía quase nada. Era *ali* que doía.

# Lindo como um deus

— Que cheiro bom, Rosana! Que perfume você está usando?
— Deixe de besteira, Isabel. É o mesmo que o seu.

Rosana estava linda, como sempre. Linda como de propósito para humilhar Isabel.

Realmente era uma beleza a casa de tia Adelaide. O que não combinava com aquela beleza toda era a própria tia Adelaide. Recebia os convidados como se fosse ela que estivesse fazendo dezesseis anos. E o pior é que estava vestida como se fizesse *mesmo* dezesseis anos.

— Isabel! Há quanto tempo! Como você está crescida... Está uma mocinha perfeita!

"E a senhora *não* está uma mocinha perfeita!", pensou Isabel, enquanto aceitava os beijinhos da tia.

— E essa lindeza, quem é?

— É Rosana, minha amiga. Pensei que a senhora não se importaria se...

— Oh, mas é claro que não me importo! Você fez muito bem em trazê-la. Cristiano vai adorar mais uma menina bonita na festa. Mas entrem, entrem!

De fora, Isabel já podia ouvir o som ligado naquele volume "chega-de-papo". Monotonamente, o surdo da bateria reboava como se dissesse "não entre... não entre..."

Isabel apertou a mão de Rosana e arrastou a amiga atrás da dona da casa.

As dimensões do salão perdiam-se nos cantos escurecidos pela iluminação precária, cheia de clarões piscantes, destinados a excitar os espíritos. Corpos sacudiam-se ao ritmo de um som frenético, meio misturados numa massa multicor que formava um bloco único, anônimo, como a representação de um inferno alegre, alucinante...

Tia Adelaide falava sem parar, apontava para todos os lados e ria muito, mas nenhum som humano poderia sobrepor-se àquela loucura.

— A senhora é mais ridícula do que eu esperava! — riu-se também Isabel, aproveitando-se da oportunidade de acobertar a franqueza debaixo daquele som infernal.

— Hein?

— Eu disse que a senhora é ridícula!

— Desculpe, querida, mas eu não ouço nada com esta música... Oh, veja quem vem vindo!

Mesmo sem entender direito o que estava sendo dito, Isabel voltou a cabeça para onde a tia apontava.

Da massa confusa de dançarinos, uma figura destacava-se.

Foi como se os mais ousados sonhos de Isabel tivessem tomado corpo e forma.

Corpo e forma de sonho.

O sonho dos sonhos de Isabel.

Ele se aproximou, com aquela luz maluca fazendo brilhar seus dentes e o branco dos olhos.

E que dentes!

E que olhos!

Tia Adelaide ria mais ainda e apontava o rapaz, papagueando sempre. Pouco ou nada dava para entender, por mais que a tia berrasse. Mas Isabel praticamente adivinhou, praticamente leu nos lábios da tia a palavra-chave daquele discurso:

— ... Cristiano...

Cristiano! *Aquele* era Cristiano!

Na memória de Isabel, só havia o registro distante de um primo entre tantos, talvez um daqueles moleques briguentos que só pensavam em futebol. Mas o moleque tinha se transformado.

— Como é mesmo o nome daquele deus grego? — raciocinou Isabel em voz alta, acobertada pelo som da festa. — Dionísio? Apolo? Adônis? Não importa. Vou chamá-lo "sonho"!

— Hein?

Tia Adelaide berrava para o filho e apontava as duas amigas. Cristiano disse alguma coisa, bem-humorado, e abraçou Rosana, apertado. Tia Adelaide sacudiu a cabeça várias vezes e indicou Isabel. O rapaz falou novamente, rindo sempre, e voltou-se para a garota certa.

Isabel sentiu-se enlaçada por aqueles braços, e o rosto do rapaz colou-se ao dela.

— Oi, prima. Como você ficou linda... — bem próximo ao ouvido de Isabel, a voz quente de Cristiano envolveu-a, claramente, distintamente, fazendo-a surda a qualquer outro som.

— Linda?! — sussurrou a menina, surpresa e enlevada.

— Eu? Sou linda? Você disse que eu sou linda?

Mesmo colado a ela, Cristiano não entendeu o sussurro. E, como se fosse um confeiteiro colocando uma cereja como um toque final de gênio sobre a torta mais apetitosa, o rapaz beijou o rosto de Isabel com força, fazendo estalar os lábios.

As luzes, as cores e o sangue de Isabel misturaram-se numa vertigem gostosa, e o ímpeto da menina foi fechar os olhos e colocar-se na pontinha dos pés, oferecendo os lábios a Cristiano.

Mas, em vez disso, o que fez foi rir alto, dizendo qualquer coisa, como se fosse a piada mais engraçada do mundo...

— Cristiano, era você que eu estive esperando a vida toda...

Como se aquilo fosse um jogo, o rapaz falava também, rindo, sem entender nada do que ouvia.

— Sonho. O meu sonho. Você é o meu sonho feito homem...

Ainda segurando os ombros de Isabel, Cristiano ria muito.

— Eu nasci para amar você, meu sonho...

Naquele instante, a música chegou ao fim, e a palavra "sonho" ressoou claramente pelo salão.

— Hein? Sonho? O que você disse?

— Nada, primo...

Acordes lentos, românticos, iniciaram uma nova seleção musical, preparada para secar o suor dos dançarinos.

Isabel esperou novamente o calor do abraço de Cristiano, pronta a deslizar pelo salão ao seu comando, não importava para onde ele a guiasse. Ao infinito, talvez...

— E esta beleza aqui, quem é?

— Hã? Ah! É Rosana, minha amiga...

— Então vamos nos apresentar, Rosana.

E foi Rosana que aqueles braços envolveram e carregaram para misturar-se à nova massa que se formava, agora numa forma lenta, arfante.

Tia Adelaide já desaparecera. A música desta vez não encobria a voz, e foi num murmúrio que Isabel falou:

— Rosana, devolva meu sonho...

Maquinalmente, Isabel tinha apanhado um copo de uma bandeja que alguém lhe estendera. O líquido estava amargo demais para um refrigerante, e aquele já devia ser o terceiro copo que Isabel aceitava. Ou talvez fosse o quarto.

Tinha escapado silenciosamente pela porta-janela envidraçada que dava para o jardim e agora estava na penumbra, sozinha, com seu copo, vendo de fora o grupo de dançarinos consumir, uma após outra, as músicas da seleção romântica. Com aquela iluminação, não era possível distinguir ninguém, mas Isabel via, em todos os casais, um só par de namorados.

A porta-janela era como uma tela de cinema. Sozinha, no escuro da plateia, Isabel assistia àquele filme, imaginando a história, criando cada fala, cada cena.

Interrompendo o filme, na tela iluminada surgiu uma silhueta que não fazia parte do enredo. A silhueta caminhou até ela.

— Oi. É uma festa particular? Por que não me convida?

A luz do salão iluminou o rosto do rapaz à sua frente, que a olhava nos olhos, sorrindo.

Isabel desviou o olhar e por um momento odiou aquele rapaz que vinha distraí-la em sua sentinela.

— Eu sou o Fernando. E você?

— Eu? Sou a ilusão...

— É um nome estranho para quem está sozinha. A ilusão nunca está sozinha...

— Pode me chamar de cretina, então. É o meu apelido.

— Cretino é aquele que crê em tudo o que ouve. Você acredita em tudo?

— Eu? Não. Só naquilo que me ilude.

— Acreditaria se eu dissesse que é a garota mais linda da festa?

— Não. Eu diria que você está me gozando. E o esbofetearia.

— Seria uma nova experiência ser esbofeteado por uma ilusão.

— Ou por uma cretina...

— Você tem resposta pra tudo, não é?

— Não. Só pra quem tem pergunta pra tudo.

Isabel entornou rapidamente o resto do copo e o líquido escorreu quente, queimando tudo por onde passava.

— Quer outro refrigerante? Vou buscar.

Fernando afastou-se e Isabel aproveitou para internar-se no jardim, escondendo-se na sombra.

Pela porta-janela saía o vulto de um casal abraçado. Impossível reconhecê-los sob a pouca luz do jardim, mas Isabel adivinhou. Eram *eles*. Só podiam ser Cristiano e Rosana. Viu quando a menina ergueu o rosto e quando o rapaz a envolveu num beijo longo, definitivo. Apenas duas silhuetas. Mas só podiam ser os dois. Ai...

Dentro da cabeça de Isabel, os vapores da bebida explodiram, lançando fogo através de todas as veias e artérias. O mundo oscilou de repente, e a menina sentiu a terra úmida contra o rosto.

Não perdeu a consciência, mas não conseguia mover-se. Tudo sentia, porém. Parece até que sentia mais do que nunca. Percebia a grama a picar-lhe o rosto e os braços fortes que começavam a levantá-la. Não conseguia falar, mas seu cérebro vibrava, excitava-se, pulsava como um coração:

"Cristiano... você veio..."

Apertou-se intensamente contra o peito que a amparava. O calor daquele corpo forte deu-lhe febre e seus lábios espremeram-se loucamente contra aquela pele quente, com cheiro de colônia masculina. Uma correntinha roçou-lhe o rosto e ela ergueu a cabeça, oferecendo os lábios úmidos, ávidos, desesperados...

*Uma boca maravilhosa colou-se à dela enquanto o vigor daqueles braços a apertava com Loucura.*

*Sentiu-se morrer de felicidade e o mundo apagou-se com o nome adorado estourando em sua cabeça como um coro de anjos:*

*"Cristiano"*

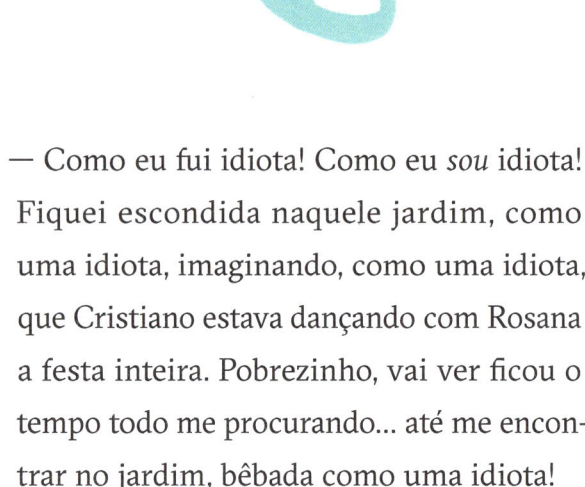

# Um domingo de espera

— Como eu fui idiota! Como eu *sou* idiota! Fiquei escondida naquele jardim, como uma idiota, imaginando, como uma idiota, que Cristiano estava dançando com Rosana a festa inteira. Pobrezinho, vai ver ficou o tempo todo me procurando... até me encontrar no jardim, bêbada como uma idiota!

— Idiota... — xingou o inimigo rachado.
— E se ele ficou mesmo com Rosana a festa inteira?

— Cale-se! E por que ele foi me procurar no jardim? Por que me beijou? Ah, eu posso morrer agora, mas aquele beijo ninguém vai tirar de mim!

Aquele beijo... Isabel ainda sentia os lábios queimando e as narinas embriagadas com aquele cheiro de sonho.

Tia Adelaide tinha se incumbido de levá-la para casa e Isabel acordara, naquele domingo, com enjoo de ressaca e gosto de Cristiano na boca.

A manhã começou mal, naturalmente, com a mãe piorando da enxaqueca e lamentando-se pelo que diriam os vizinhos ao ver sua filha — uma fedelha! — chegar em casa bêbada como uma porca.

— Ah, se seu pai fosse vivo, você ia ver o que ia lhe acontecer!

— Mas papai *está* vivo!

— Não. Para mim, ele está morto. Com aquela sujeitinha, para mim ele está morto!

— Mortos não mandam cheques, mamãe...

Tudo, afinal, tinha passado, menos a lembrança daquele beijo. Menos a lembrança de Cristiano. Pensou em telefonar para ele, mas, se ligasse, o que iria dizer? Na certa acabaria nervosa, fazendo alguma de suas gozações, e estragaria tudo. Não, tudo não. Não havia o que pudesse estragar o que tinha começado com aquele beijo. Aquele beijo fora um compromisso. Não por ter sido um beijo, mas por ter sido um beijo como aquele.

Isabel tinha pressa. É claro que tinha pressa. Era preciso reencontrar Cristiano para não largá-lo nunca mais. Mas era domingo, dia-de-sair-com-papai. Essa era outra razão para esperar mais um dia, o dia que separava a descoberta do homem dos seus sonhos e o reinício das aulas. O início de uma nova vida. Uma vida com Cristiano.

Pensou em escrever. Uma carta, talvez. Ou mais. Um texto onde ela poria de tudo, desde versos nascidos da paixão até pequenas confissões, como se quisesse pôr-se a limpo, exibir sua alma nua, preencher um passaporte para que Cristiano a tomasse, a levasse embora e nunca mais a deixasse voltar.

Escrever ela sabia. No colégio, ninguém podia disputar com ela na hora de falar e de escrever. Ah, se pudesse, ela usaria aquele domingo apenas para pensar, para repassar cada momento daquele encontro estonteante, daquela felicidade imensa.

Os domingos, porém, não eram de Isabel, nem para escrever, nem para pensar. Os domingos eram de papai.

Quando a buzina soou, Isabel deu uma última olhada para o inimigo, mostrou-lhe a língua e foi ao encontro do pai-de-todos-os-domingos.

— Papai, você me acha linda?

O restaurante estava lotado. Há quantos domingos, em quantos restaurantes Isabel já almoçara com o pai, desde que a "sujeitinha" o havia arrancado de casa? Talvez esse número não tivesse tanta importância se a menina não viesse percebendo que, a cada domingo, caía a qualidade do restaurante.

Mas ainda era em dinheiro que o pai lhe falava todos os domingos, e era em dinheiro que ele estava falando quando foi surpreendido pela pergunta da filha.

— Hein? É claro que eu acho. Você é a princesa do papai. A garotinha mais linda do mundo!

— Ah, não. Como garotinha, não, papai. Quero saber se você me acha uma *mulher* linda!

Isabel estava feliz como nunca. Queria fazer algo de bom, algo grande, para dividir sua felicidade com alguém.

— Papai, eu quero conhecer a Lúcia.

Lúcia, a sujeitinha. Imagem de bruxa e megera inculcada em sua cabeça pelos lamentos da mãe. A mãe, abandonada à sua enxaqueca e à pensão mensal que garantia à menina as refeições de todos os dias, mas que já estava comprometendo a qualidade dos almoços de domingo.

— A Lúcia? Mas você sempre se recusou a...

— Isso foi antes, papai. O antes acaba passando. Hoje eu me sinto diferente. Acho que quero fazer todas as pazes que puder. Vamos começar pela Lúcia?

O pai passou o guardanapo pelos lábios e pareceu subitamente interessado no exame do paliteiro.

— Sabe, Isabel... Eu estava esperando o momento certo para te contar... É que... eu não estou mais com a Lúcia...

"Não está mais com a sujeitinha?", pensou Isabel. "Então o serviço de informações da mamãe perdeu essa fofoca?"

— Talvez sua mãe tivesse razão... A Lúcia era... bem... Mas eu encontrei alguém realmente fora de série. O nome dela é Helena. Você vai gostar dela. Hoje não é possível, porque ela foi visitar os filhos do primeiro casamento, já que eu ia sair com você. Mas, no próximo domingo, eu vou...

Isabel interrompeu o pai tocando-lhe delicadamente os lábios com a ponta dos dedos e sorriu:

— É melhor não fazer planos, papai. No domingo que vem, talvez não seja mais Helena. Pode ser Márcia, ou Cristina, ou...

— Isabel! Você não devia...

"Como será que papai conheceu essa Helena? E a Lúcia? E a mamãe? Será que encontrou alguma delas bêbada, caída na grama de algum jardim? Será que tudo começou com um beijo? Um beijo como o de Cristiano?"

À noite, abraçada ao travesseiro, um só nome ocupava todo o ser de Isabel:

Não conseguiu lembrar-se do primo em meio às pálidas recordações dos garotos de sua infância. Teria sido aquele que se divertia batendo nos menores? Ou seria aquele outro que vivia correndo atrás das meninas?

— Quer correr atrás de mim agora, Cristiano?

# A primeira

— Oi, Isabel! Nem telefonei pra você ontem porque...

Rosana chegou atrasada na classe, como sempre. A professora já estava entrando, e Isabel só teve tempo para uma frase:

— Eu tenho uma coisa maravilhosa pra te contar, Rosana!

— É? Eu também tenho uma novidade que vai fazer você cair dura, Isabel!

— Depois a gente fala.

Física! Uma matéria nova, como deveria ser novo tudo naquele início do ensino médio. Tinha jeito de matemática. Naquele momento, porém, o que Isabel precisava era de uma boa aula de literatura, com poemas de Fernando Pessoa, Vinicius, Eduardo Alves da Costa, João Cabral...

Cristiano, naquele momento, também estaria assistindo à sua primeira aula no segundo ano, e Isabel pensou

# marca

em fingir que não entendia a tal da física para, mais tarde, tomar algumas aulas particulares com ele. Sempre o primeiro da classe, não foi isso que lhe disseram? Mas não era sobre física que a menina gostaria de conversar com Cristiano. Ah, não era não!

A professora procurava conquistar a classe, mostrando-se simpática e engraçada. Simpática até que ela era, mas decididamente não era engraçada.

Distraída, Isabel deixava a caneta deslizar pelo caderno. Deveria tomar notas, mas as palavras que lhe entravam pelos ouvidos chegavam totalmente transformadas às pontas de seus dedos:

— ... a física estuda a relação que existe...

NESSE FÍSICO DE UM DEUS GREGO,
NUMA INTENSA RELAÇÃO,
EU PÁLIDA E BÊBADA, TREMO
E ME AFOGO E ME SUFOCO
ENTRE LOUCURA E PAIXÃO.

— ... entre a matéria e a energia...

QUERO FUNDIR MEU CORPO,
NO TEU CORPO JUNTO AO MEU.
NOS TEUS BRAÇOS SEREI CEGA
PRA QUE SEJAS O MEU GUIA.
NÓS SEREMOS A MATÉRIA,
NOSSO AMOR SERÁ A ENERGIA.

— ... a energia afeta a matéria...

SE ESSE AMOR ME MODIFICA,
ME TRANSFORMA, ME EDIFICA,
SE ELE AFETA TANTO A MIM,
TAMBÉM TE TRANSFORMARÁ.

A ENERGIA DESSE AMOR
AFETOU-NOS PRA SEMPRE
E A MATÉRIA QUE HOJE SOMOS
OUTRA MATÉRIA SERÁ...

— ... e a matéria afeta a energia...

SEREMOS DOIS NOVOS AMANTES
PELO AMOR ENERGIZADOS
TRANSFORMADOS,
MAS EM QUÊ?
QUEM ERAS ANTES DE MIM?
QUEM SOU DEPOIS DE VOCÊ?

— ... esse processo de transformação é o objetivo...

NO MEU SEIO SERÁS MEU,
PARA O USO QUE EU QUISER.
NOS TEUS BRAÇOS ME ABANDONO,
AO TEU LADO SOU MULHER.

O sinal veio interromper a aula e o poema. A aula seguinte seria de inglês, e a classe se dividiria, misturando-se a grupos de outras séries, de acordo com o nível de conhecimento de cada aluno. Isabel estudava inglês há tempos e, por isso, fora selecionada para a turma mais adiantada.

Pensou em entregar o poema a Cristiano. Destacou a folha do caderno e guardou-a cuidadosamente dentro do fichário. Nem assinou. Assinar para quê? Não havia duas pessoas no mundo que pudessem ter escrito o que estava naquele papel.

Acenou para Rosana, que no inglês ficara numa turma mais fraca, e correu para a sala, pretendendo conseguir um lugar bem no fundo, onde pudesse recolher-se à sua ideia fixa. À ideia maravilhosa de Cristiano.

"Cristiano!"

Foi a primeira imagem, em carne e fascinação, que surgiu diante dos olhos de Isabel. Cristiano sorriu lindo, lindo sorriso, lindo Cristiano, e a menina vacilou por um momento.

Pronto. Estava sentada na primeira carteira, longe de Cristiano e ao alcance da respiração do professor de inglês.

Tonta! Agora nem podia olhar para Cristiano sem chamar a atenção. Mas ele estaria olhando para ela, o tempo todo. Até podia sentir o calor daquele olhar em sua nuca. Cerrou os olhos e recebeu a atenção de Cristiano como se fosse um beijo. Um beijo suave, longo e quente. Um beijo de Cristiano.

— I think we could begin by reviewing the defective verbs. Of course, during the holidays you'd forget most of your English, didn't you?

À frente de Isabel, o professor iniciou a aula, falando com aquele mesmo tom amistoso de todo início de ano letivo. Em poucos dias, ele, na certa, estaria aos gritos, pedindo silêncio em português.

Por cima do ombro de Isabel, a mão de um colega passou-lhe furtivamente um papelzinho dobrado. Com todo o cuidado, para que o professor não notasse, a menina desdobrou o papel no colo, por baixo da carteira. Foi como se um anjo tivesse surgido de camisola azul e trombeta de ouro para anunciar-lhe o paraíso:

*Priminha querida, preciso muito falar com você. Onde poderemos conversar sossegados? Te adoro!*

*Cristiano.*

— It's easy, isn't it? But you mustn't forget that there's no rule to help you use those verbs...

"Ele quer falar comigo... Comigo!", pensou a menina, sentindo-se quase febril.

Rabiscou rapidamente quatro palavras — *Me encontre no laboratório* — em uma folha de caderno, dobrou-a e passou para o colega de trás.

— You must practice, in order to know which tense has to be employed without the need of...

*A torrente de palavras estrangeiras perdeu o sentido para Isabel, enquanto as palavras de Cristiano penetravam-lhe como se fossem vírus caindo em suas veias, misturando-se ao seu sangue e indo infectar-lhe o coração.*

"Neste momento, ele deve estar igualzinho a mim, pensando em mim... Vamos pensar juntos, um no outro, Cristiano. Será como se estivéssemos de mãos dadas..."

Num repente, Isabel baixou a cabeça e beijou o bilhete. Ao olhar novamente para aquela letra apressada, notou que uma marca redondinha tinha acabado de borrar a palavra *adoro*. Era a marca de uma lágrima. De felicidade...

— Eu também te adoro, meu amor... — balbuciou ela, apertando o bilhete contra o peito.

# Na escuridão do

— Senhorita Ilusão! Que ótimo reencontrar você!

O sinal para o recreio tinha acabado de soar, e Isabel correra em direção ao laboratório. Mas, no meio do corredor, a figura de um rapaz a deteve, sorrindo e olhando-a bem de frente, bem nos olhos.

— Hein?

— Não se lembra de mim, senhorita Ilusão? A festa de sábado, o aniversário de Cristiano... Sou o Fernando, lembra?

— Oi, Fernando. Desculpe, mas...

— Quer dizer que você estuda aqui? Que sorte a minha! Acabo de me transferir para o terceiro ano e talvez...

— Desculpe, Fernando. Estou com uma pressa danada. Depois a gente conversa, tá?

— É... Dizem que a ilusão é como uma ave que vem e vai. Só que eu não gostaria de perder essa ilusão, entende?

— Tchau, Fernando.

# laboratório

Isabel certificou-se de que não havia ninguém olhando e entrou silenciosamente no laboratório. Fechou a porta sem nenhum ruído e esperou que a visão se acostumasse ao escuro. As janelas eram cobertas com cortinas pesadas para proteger da luz os produtos químicos. O lugar ideal para um encontro de namorados.

Aos poucos, com a fraca claridade que se filtrava através das cortinas, Isabel pôde perceber as estantes envidraçadas, cheias de frascos contendo formas assustadoras conservadas em formol. Uma cascavel, com seus guizos, flutuava num líquido avermelhado por seu próprio sangue. Ao lado, uma caranguejeira peluda movia-se lentamente numa gaiola de vidro.

A cobra, a aranha, o sangue... Um calafrio percorreu a espinha de Isabel e ela tremeu, pensando que aquele talvez não fosse o lugar mais adequado para o início do seu namoro. Por um momento, teve medo do encontro com Cristiano. Mas o temor transformou-se em ansiedade quando percebeu o ruído suave da porta que se abria.

— Priminha! Oi, priminha! Você está aí?

Acobertada pela penumbra, Isabel sorriu e deixou passar um tempo de suspense, antes de responder com a voz mais suave que conseguiu fazer:

— Estou aqui, meu querido...

Cristiano guiou-se pela voz e veio abraçar Isabel apertado, como da primeira vez. E beijou-lhe o rosto com um estalo.

— Priminha querida! Foram os anjos que me fizeram reencontrar você!

"Claro! Os anjos sempre ajudam os semelhantes, meu querido...", pensou Isabel, sem vergonha de sorrir embevecida, porque a penumbra era um disfarce perfeito. Era mais. Era uma fantasia.

— Há quanto tempo não nos vemos, priminha... Desde crianças. Mudamos muito, não é verdade?

"Você foi a lagarta que virou borboleta, meu amor...", pensou Isabel.

— Você ficou uma lindeza!

"Vem, borboleta, vem cá depressa, asas douradas, me carregar. Vem, vamos juntos, num céu sem túneis, buscar caminhos só de nós dois...", num turbilhão, os pensamentos explodiam em versos dentro da cabeça de Isabel.

— Tanto tempo... Mas eu nunca me esqueci de você...

"Catar o pólen, fazer a cera, colher futuros, mexer o mel. Deixar passados, erguer castelos, juntar o antes com o depois... Droga! Isso não é hora de fazer poesia. É hora de *viver* poesia!"

— Me lembro muito bem... você ficava uma gracinha de óculos!

"Tolinho! Eu não usava óculos quando era criança...", riu-se Isabel por dentro.

— Eu me lembro... suas trancinhas...

"Ah, Cristiano... eu nunca tive tranças..."

— Como foi bom reencontrar você, priminha... Isso mudou a minha vida...

"A minha também, meu amor..."

— Era isso que eu queria falar com você, Isabel... Nem sei como começar...

"Me abrace, meu querido, me abrace que eu espero a vida inteira..."

— Isabel, eu estou apaixonado...

"Por mim, boneco, pela sua Isabel..."

— Nem sei como dizer... Já houve outras garotas, mas, agora...

"Agora sou eu, Cristiano. Meu Cristiano!"

— Agora é diferente. Eu sei que é amor...

"Por mim..."

— Nunca me senti desse modo. Por isso eu sei que só pode ser amor...

"Por mim..."

— Estou apaixonado...

"Por mim, Cristiano!"

— Por Rosana, Isabel!

A aranha encolheu-se na gaiola de vidro e a escuridão do laboratório pareceu crescer, como se tivesse anoitecido subitamente, apagando a imagem de Cristiano, arrancando Cristiano do alcance de Isabel.

*"Rosana? Ele ama Rosana? E eu, meu amor, e eu?"*

— Ah, priminha, como foi maravilhoso você ter levado Rosana à festa. Rosana é linda... É assim como... Eu caí por ela na hora... Ela é... nem sei como dizer... Se você soubesse quanto me fez feliz naquele momento...

"Ah, Cristiano, se você soubesse quanto me fez sofrer... Se soubesse o quanto está me fazendo sofrer agora!"

— Quero que você seja a madrinha do nosso namoro, Isabel. Quero dividir nossa felicidade com você.

"Cristiano, não faça isso comigo. Me acuda, me salve, Cristiano...", sem poder explodir em protestos, o pensamento de Isabel caía de joelhos.

— Você vai ajudar o nosso amor, não é, priminha? Eu lhe peço... Eu lhe peço que fale com Rosana e combine um encontro para amanhã à tarde. Você me ajuda? Vamos, priminha, prometa que vai nos ajudar!

— Eu? Sim... é claro, primo. Eu... eu prometo...

— Isso, priminha! Diga a Rosana que eu vou esperá-la às quatro, no *shopping*, em frente ao cinema.

— No cinema? É que a mãe da Rosana é tão...

— Diga que vocês vão juntas ao cinema, priminha. Por favor, eu estou voando de felicidade. Me ajude!

"E eu estou afundando, Cristiano, estou me afogando... Me acuda... Me salve, meu amor...", pediu a menina em pensamento.

— Você prometeu, Isabel.

— É claro, Cristiano, eu prometi...

— Posso contar com você?

— Pode contar comigo...

— Eu te adoro, priminha!

Isabel baixou a cabeça na hora de ganhar o beijo estalado, prêmio de consolação para a cretina que acreditava na ilusão. Assim, o beijo marcou-lhe a testa e Cristiano não sentiu o gosto salgado dos filetes de derrota que lhe escorriam pelo rosto.

"Cristiano, não era essa adoração que eu queria... Eu queria o seu amor, eu queria *você*, Cristiano... meu amor..."

---

Isabel ficou só, com a escuridão que tomava conta do seu ser. Tirou os óculos molhados e encolheu-se, desejando que uma concha se fechasse em torno de si e a levasse para um mar distante, escondendo o desespero sob toneladas de águas salgadas como lágrimas.

"O que aconteceu? Como isso foi acontecer? Cristiano, você não podia fazer isso comigo... Não me mate, meu amor... Não mate o meu amor... Com a Rosana? Logo com a Rosana, minha melhor amiga... Não, com Rosana, não, com outra garota, não, Cristiano... Me ame, por favor... Me ame como eu te amo, meu amor... Por que você não pode me amar? Se eu te amo tanto... Ninguém poderá te querer como eu, Cristiano, minha paixão, meu primo, minha vida... Por que você me beijou daquele jeito? Por que, Cristiano? Por que eu estava ali, à mão? Nada disso, não pode ter sido só por isso. Aquele beijo era de verdade, Cristiano, eu *senti* que era de verdade... eu *ainda sinto*, meu Cristiano..."

Um ruído suave vindo da porta fez Isabel emergir do desespero. Seria ele de volta? De volta para contar que tudo não passara de uma brincadeira? Que Rosana não importava e que era ela, Isabel, que ele amava?

Mas, mesmo na penumbra, mesmo sem óculos, mesmo com os olhos afogados pela desilusão, dava para perceber que não era Cristiano. Era um vulto vestido de branco. Talvez o encarregado do laboratório.

Isabel encolheu-se mais ainda, fundindo-se às sombras. Não. Ninguém podia vê-la naquele estado. Não. A não ser o seu grande inimigo, ninguém, jamais, a vira num estado como aquele.

O vulto aproximou-se de uma das estantes envidraçadas. Abriu-a com uma chave. Pegou um frasco e tirou algo de dentro, que guardou no bolso do guarda-pó. Trancou o armário e saiu rapidamente do laboratório.

Quando a campainha soou anunciando o final do recreio, Isabel secou o rosto e pôs-se de pé. Já de óculos, aproximou-se e leu distraidamente o rótulo do frasco que o vulto de branco pegara:

"LINAMARINA..."

"Isso tem nome de mulher. Lina e Marina. Duas mulheres... O que será isso? Será que é costume esfacelar os sonhos de garotas apaixonadas e guardar em potes o pozinho que sobra? Daqui a pouco, acho que vai haver um novo frasco com o rótulo 'ISABEL'."

... LINAMARINA — Glicosídio cianonitrila.

"Química! Uma ciência de palavrões. Bem, vou aprender todos eles antes que o ano termine. Chega de palavras carinhosas."

Enxugou-se melhor, arrumou a roupa, o cabelo, e decidiu-se:

"Vamos lá, Isabel. Vamos rir e fazer os outros rirem. Como sempre. Ninguém tem nada com a sua vida, Isabel. Nem com a sua morte. Eu prometi. Agora vou cumprir minha promessa. Vamos, cretina! Vamos ajudar a liquidar a sua própria ilusão!"

Isabel já estava calma quando saiu do laboratório. Mas, dentro da gaiola de vidro, a aranha peluda sacudia-se loucamente.

# Um poema para Cristiano

Rosana parecia aflita e havia pouco tempo para conversar antes da aula de português:

— Isabel! Onde você andou? Procurei por você o recreio inteiro! Seu rosto está vermelho... O que houve?

— Nada... acho que estou resfriada, Rosana. Na saída, eu vou com você até o ponto de ônibus. Tenho uma coisa pra te contar que vai deixar você muito feliz.

— E eu também, Isabel, eu também tenho uma coisa linda pra te contar!

A fama do professor de português do colegial assustava. Diziam que ele era severíssimo. Na certa aquela severidade não devia ser semelhante à do Brucutu, o terrível bedel-chefe. O professor seria daqueles exigentes, para quem um erro de concordância era tão grave quanto jogar escada abaixo a cadeira de rodas de uma velhinha paralítica. Com a velhinha em cima.

Isabel deu a mão para a amiga. Afora a vermelhidão que já desaparecia, era impossível notar qualquer resquício de tristeza em sua fisionomia. Ninguém saberia do vulcão que lhe queimava o peito, da vontade de gritar, de procurar alguém com quem pudesse dividir sua desolação. Mas ela havia prometido. Era a "segura-vela", o cupido do encontro entre o seu grande amor e sua melhor amiga. Mas ninguém saberia de nada.

Redação. O forte de Isabel. Se somasse todas as médias de redação de seus oito anos de estudante, daria quase oitenta. O professor falava sério, mas mansamente. Propôs que todos fizessem um texto, tema livre, de aquecimento.

— Preciso conhecer cada um de vocês — explicou ele. — E a melhor maneira de vocês se apresentarem para mim é mostrando como cada um pensa... por escrito!

Isabel olhou de lado para Rosana. E o que viu foi pavor. Ambas sabiam que a tal redação de "aquecimento" era o modo mais rápido de o professor conhecer as possibilidades de cada aluno. Seria a primeira impressão, a que definiria o aluno no conceito do professor. Como modificar depois uma primeira impressão desastrosa?

A menina sabia que "desastre" era a definição adequada para as redações de Rosana. Sorriu para dar confiança à amiga e pôs-se a escrever furiosamente. Em dez minutos, passou a folha de papel discretamente para Rosana.

— Pegue. Copie com a sua letra.

Bem, a redação de Rosana já estava pronta. A amiga estava salva de se ver queimada com o professor, logo no primeiro dia de aula. Agora, era a sua vez.

O tema era livre. Mas que outro tema poderia passar pela cabeça de Isabel, senão a figura idolatrada de Cristiano? E ela estaria disposta a confessar no papel tudo o que a sua expressão escondia?

"Idiota que fui. Pensar que Cristiano pudesse se apaixonar por mim, por mim, a gorducha…"

Os pensamentos queimavam Isabel por dentro, e ela escreveu:

*Quando você me beijou...*

"Pensar que Cristiano poderia ler nos meus olhos, através dos óculos, e enxergar lá dentro toda a paixão da gorducha iludida…"

Maquinalmente, escrevia sempre a mesma frase:

*Quando você me beijou...*

"Apaixonar-se pela desengonçada, pela feiosa piadista... Ah, que piada! Com o rostinho de Rosana à frente... Com o corpinho de Rosana nos braços... nem pensar!"

*Quando você me beijou...*

"Burra! O que Cristiano poderia encontrar em mim? A espinha amarela no nariz, como um aríete de pus abrindo caminho rumo à solidão?"

*Quando você me beijou...*

"O que ele veria? O que todos veem, além da gorducha iludida, da feiosa cretina? Fernando tem razão. Eu acredito em tudo, como uma cretina. Acreditei até que Cristiano poderia me amar. Cretina! Acreditei até naquele beijo..."

*Quando você me beijou...*

"Cristiano..."
Vinda do fundo de seu desespero, uma lágrima solitária pingou sobre o papel.
— Isabel! Quem é Isabel?
— Sou eu.

O professor tinha dado por encerrada a redação e aproximou-se da menina com uma expressão que, com algum esforço, poderia ser chamada de "sorriso".

— Meu colega do nono ano elogiou muito seus textos, Isabel. Quero começar pela sua redação. Pode entregá-la a mim?

A folha passou para as mãos do professor e o arremedo de sorriso desapareceu na hora.

— O que é isto? Há apenas a mesma frase escrita várias vezes!

— É um poema concreto, professor. Assim como *Uma pedra é uma pedra*, do Carlos Drummond de Andrade. O leitor deve completar o poema de acordo com suas próprias experiências, de acordo com suas lembranças de um beijo de amor...

Risadinhas discretas fizeram o professor erguer um olhar duro, controlador, para toda a classe.

— Uma explicação hábil. Hábil e espirituosa, Isabel. Mas que não passa de uma saída para desculpar a preguiça. A preguiça e a falta de respeito... E isto? Que marquinha redonda é esta?

— Nada, professor. Faz parte do poema. É o cuspe do namorado...

Dessa vez a gargalhada não foi contida e o olhar do professor, surpreso, não conseguiu transmitir autoridade. Tinha perdido o controle de uma classe pela primeira vez na vida.

— Começamos bem, não é, dona Isabel? Mas temos um ano inteiro pela frente. Que tal abrir o boletim com um zero?

Isabel sorriu.

O professor continuava furioso:

— Vamos ver se esta classe vai me dar trabalho. Você, mocinha, como é o seu nome?

— Eu? Rosana...

— Posso ver a sua redação, Rosana? Hum... A estrutura não está má... A ideia é forte... breve, mas forte... Tem um ritmo que... Parece que me informaram errado. Parece que quem sabe escrever nesta classe chama-se Rosana!

A redação de Rosana ganhou oito. Nove o professor só dava para ele mesmo, e dez, só para Deus.

---

— Ah, Isabel, como isso foi acontecer? Estou morrendo de remorso. Eu tirei oito com a redação que você fez, e você tirou zero!

— Não esquente a cabeça, Rosana. Logo, logo eu dou um jeito naquele professor, pode crer. Na próxima, ele vai ter de me chamar de Deus e me dar um dez.

— Puxa, oito em redação! Nunca tirei isso. Uma nota oito vezes maior do que a sua, para duas redações feitas pela mesma pessoa!

— Além de redação, acho que você vai ter de rever a sua matemática, Rosana. Oito vezes zero dá zero mesmo!

As duas riram e Isabel passou o braço pelos ombros de Rosana. Quem visse as duas, assim abraçadas, assim sorrindo, teria uma imagem falsa daquela felicidade. Uma das duas mentia ao sorrir, mas mentia como um especialista.

— Acho que nunca vou poder pagar tudo o que devo a você, Isabel. E não estou falando de redação. Estou falando de amor...

— Para mim, escrever também é um ato de amor, Rosana. Quem escreve ama aquele que vai ler, quer conquistar o amor daquele que vai ler.

"Só que Cristiano nunca lerá o que eu escrevi para ele. Nunca saberá do meu amor. Não há esperança", pensava ela atrás do sorriso.

— Você é muito adulta, Isabel. Adulta demais...

— É que eu tenho sessenta anos, Rosana, mas sou conservada. Agora deixe de bobagem e continue com o amor e suas dívidas... ou dúvidas, sei lá.

— Nada de dúvidas! Eu estou apaixonada *mesmo*. Caída por ele! A melhor coisa que aconteceu na minha vida foi você ter me convidado para aquela festa. Conhecer Cristiano foi...

Com a expressão mais interessada do mundo, Isabel ouviu o relato da amiga. Já estavam no ponto do ônibus, cheio de gente, e Rosana falava baixo, como segredo, como culpa, como num confessionário. Descrevia cada passo daquela noite inesquecível, cada dança, a pressão do rosto de Cristiano junto ao seu, as palavras sussurradas ao ouvido...

O único segredo que faltava era Cristiano debruçando-se sobre Isabel no jardim. O único segredo que faltava era aquele beijo. Mas Rosana nunca deveria saber disso. Por que estragar-lhe a felicidade? Bastava que uma das duas fosse infeliz.

— Nos braços dele, eu...

Dentro de Isabel, por trás do sorriso interessado, a descrição feita por Rosana ganhava mais detalhes, cheios de calor, de cheiros, de cobras, de contatos, de aranhas peludas...

— Meu único medo, Isabel, é que, para ele, eu não tenha passado de um presente de aniversário, de diversão para uma noite. Mas eu quero aquele garoto! Nem sei o que ele pensa de mim, mas é ele que eu amo. *Preciso* me encontrar novamente com ele!

— Que tal amanhã, às quatro horas, em frente ao cinema, no *shopping*?

— O quê?! Do que você está falando?

— Bobinha! Eu não disse que tinha uma novidade que ia fazer você cair para trás de felicidade? Pois esta é a novidade.

— Você... você falou com Cristiano? Sobre *mim*?

— É claro que falei. Nós somos primos, não somos? Somos confidentes...

— Que foi que ele disse? Que foi que ele disse, Isabel?

Isabel sorriu, gozando carinhosamente a ansiedade de Rosana.

— Hum... mais ou menos o que diria Abelardo sobre Heloísa...

— Isso foi numa novela? Não assisti...

— Ah, Rosana, isso não é novela de televisão!

— O que ele *disse*, Isabel?

— Acho que você vai preferir que ele repita tudo pessoalmente, não vai? O importante é que ele quer encontrar-se com você. No cinema, amanhã, às quatro.

— Ai, ai, ai! Minha mãe não vai deixar!

— Diga que você vai ao cinema comigo. Passo na sua casa lá pelas três e meia. Eu tenho mesmo de dar um pulo numa livraria. Na saída do cinema nos encontramos e voltamos juntas.

— Você é um amor, Isabel. Não sei o que eu faria sem você. Amanhã de manhã, no colégio, diga ao Cristiano que...

— Eu? Não acha melhor você mesma dizer?

— Não sei se poderia, Isabel. Quando encontrá-lo, vou ficar muda como uma porta!

— Então escreva um bilhete. Basta sorrir e colocar o bilhete na mão dele.

— Eu bem que gostaria. Ah, se eu pudesse, colocaria nesse bilhete tanta coisa, como se... como se...

— Como se o bilhete fosse um buraco de fechadura através do qual Cristiano pudesse conhecê-la melhor por dentro.

— É isso! Você sempre diz as coisas certas, Isabel.

"Eu também tenho um buraco de fechadura, Rosana. Mas Cristiano quer espiar pelo seu..."

— Comigo é diferente. Eu sou burrinha, Isabel. Cristiano haveria de rir de um bilhete escrito por mim. Logo ele, que sempre foi o primeiro da classe. Não é isso o que dizem?

— Pelo menos foi isso que a mãe dele disse para a minha.

— Eu não posso bancar a burra com ele, Isabel. O que vou fazer? Por favor, me ajude!

— Como hoje, na aula de redação?

Lentamente, Isabel abriu o fichário. Lá estava a folha, com o poema feito na aula de física:

NOS TEUS BRAÇOS ME ABANDONO,
AO TEU LADO SOU MULHER...

"Você vai receber o meu poema, Cristiano."

— Aqui está, Rosana. Um texto do meu estoque. É só copiar com sua letra e colocar seu nome. Tudo o que você quer dizer ao Cristiano está aí.

Rosana pegou a folha, meio em dúvida.

— Como pode ser? Eu... nem sei o que dizer...

"Você 'nunca' sabe o que dizer, minha querida...", em pensamento, Isabel gozava a amiga.

— Pode deixar que eu digo por você.

— Mas... será que o que está escrito aqui serve para Cristiano?

— Como uma luva.

O ônibus encostou naquele momento e começou a engolir a fila de estudantes.

— Obrigada, Isabel, você é demais.

— Corra, senão você perde o ônibus.

— Passe na minha casa às três. Não quero me atrasar.

— Tchau, Rosana.

A menina ficou vendo o ônibus sair, levando sua amiga, sua rival, e a declaração de seu amor, de seu carinho, que serviria para aumentar ainda mais a paixão de Cristiano por Rosana.

"O condenado à forca tece sua própria corda...", o pensamento de Isabel oscilava entre a resignação e o desespero.

De uma janela do ônibus, a carinha de Rosana surgiu, jogando um beijo para a amiga:

— Eu te adoro, Isabel!

Isabel sorriu e devolveu o beijo. Agora não havia ninguém olhando. A menina deixou correrem as lágrimas represadas por seu orgulho.

*"Todos me adoram... E quem me AMA?"*

# Só, com o inimigo

— Alô...

— Senhorita Ilusão?

— Ah, é você, Fernando...

— Puxa, que voz mais desanimada! Acho que eu merecia um pouco mais de entusiasmo por ter ficado a manhã inteira procurando minha ilusão. Onde você se escondeu?

— Acho que você não tem nada com isso, Fernando.

— Isso é o que se pode chamar de um "fora". Só que eu sou surdo à palavra "não". Eu insisto até ouvir o "sim" que quero ouvir.

— Olhe, eu perdoo a sua insistência se...

— Não quero que você perdoe, quero que a aceite!

— Desculpe, Fernando, é que hoje eu não...

— Como fazer para dobrar você, Isabel?

— Você já sabe o meu nome?

— Sei muito mais. Sei até que está triste e também que está com a tristeza errada.

— Como sabe disso?

— Certas coisas não se precisa saber. Basta sentir.

— Pois você sente errado. E não tem nada que se meter na minha vida. Me deixe, tá legal? Me esqueça!

— Eu nunca vou esquecer daquela noite, naquele jardim...

— Tchau, Fernando.

O fone já estava longe do ouvido de Isabel, pronto para ser secamente desligado, e a menina não pôde ouvir a última frase de Fernando:

— Eu quero você, menina malcriada!

---

— Como é? Será que a feiosa, a gorducha, vai aprender a lição?

A menina encontrou o inimigo especialmente cruel. A rachadura partia-lhe o rosto em dois, deformava-o, agravando e justificando a crueldade.

— Então você achava que o Cristiano ia olhar para você com olhos diferentes daqueles com que se olha a priminha gorducha e de óculos? Priminha...

Isabel estava sem defesa. Dizer o quê? Defender-se como se, naquele momento, tudo o que ela desejava era nunca ter nascido?

— A grande escritora! A grande poeta que cria versos de amor para ajudar a rival a roubar-lhe o namorado! Burra... Trouxa... Vamos, diga que ama Cristiano. Diga-o com as palavras mais fortes, use os termos mais sinceros, arrebente a alma no papel! Quanto melhor você fizer, mais Cristiano vai ficar apaixonado... por Rosana!

*Sobre a pequena mesa de trabalho, lá estava mais uma carta. Mais um ofertório da própria vida de Isabel para Cristiano. Ela se punha em suas mãos, mas seria Rosana que Cristiano iria abraçar.*

Ao lado da carta, uma pilha dos seus livros preferidos. Paul Valéry, Vinicius, Ferreira Gullar, García Lorca, Pablo Neruda... Quantos amores já haviam sido conquistados com as palavras daqueles poetas? Será que eles também sentiam o mesmo desespero que ela? O mesmo ciúme? A mesma vontade de morrer?

Impossível sentir tanto ciúme e tanto desespero por tantos amores desconhecidos. O seu caso era diferente. Só havia *um* namorado a conquistar. E ela o estava conquistando... para outra!

Despiu-se lentamente. Abriu o chuveiro e deixou que a água morna corresse farta por todo o corpo, na esperança talvez de lavá-lo por dentro, limpando aquela tristeza tão imensa.

Enxugou-se diante do inimigo, sem sentir vergonha do que ele pudesse dizer. Amanhã, no cinema, Cristiano estaria lendo a carta, apaixonando-se ainda mais por Rosana, distanciando cada vez mais a esperança de, um dia, prestar atenção em Isabel, a priminha gorducha, a amiga feiosa, a escritora de óculos, o cupido de espinha no nariz.

Aproximou-se do inimigo rachado, disposta a eliminar pelo menos a espinha. Mas ela não crescera muito e já havia secado. Tateou o rosto em busca de outra. Era tão feio assim aquele rosto? Tão repulsivo que um garoto como Cristiano não podia nele encontrar encantos? E aquele corpo? Estava mesmo gordo? Não tinha aquelas curvas, aquelas saboneteiras, aquela penugem sensível à carícia em sentido contrário, como dizia Vinicius de Moraes? Não seriam atraentes aqueles pequeninos seios que muito bem poderiam ter servido de fôrma para taças de champanhe?

"Vem, Cristiano, tomar do meu champanhe... Vem me buscar inteirinha, Cristiano..."

Naquele momento, talvez Rosana estivesse pensando no mesmo rapaz com a mesma intensidade. Isabel sentiu como se estivesse traindo a amiga, ambas partilhando o mesmo leito com o mesmo sonho, a mesma paixão, a mesma entrega.

Ah, aquele beijo, naquele jardim... Teria sido a escuridão a benfeitora que transformara sua feiura em fascinação e permitira que, por um instante, Cristiano se sentisse atraído por ela?

Aquele beijo... A pele cheirosa daquele peito de sonho em seus lábios... A correntinha a roçar-lhe o rosto... O hálito acariciante se aproximando... Os lábios quentes procurando a umidade dos seus...

Ah, bendita penumbra que lhe permitira, ao menos uma vez, a ventura de abandonar-se naqueles braços adorados!

Depois, porém, com a mesma penumbra, no laboratório, tudo tinha sido diferente. Só houvera decepção, dor, catástrofe...

"Ah, Cristiano amado, por que não me tomou novamente, como sua boneca, naquele laboratório gelado, no meio das formas mumificadas, do formol, no meio dos ácidos e das fórmulas, das cobras e das aranhas? Da Linamarina? No meio da Linamarina, do pó branco dos sonhos destruídos, das garotas presas em frascos, da Lina e da Marina, da Linaisabel, da Isabelmarina, da Linaranha, Marinaranha, aranhaisabel, cobracristiano, aranha e cobra... Ai, cobra e aranha, aranha e cobra, a aranha quer a cobra, a cobra busca a aranha, a aranha se debate na gaiola de vidro, vai quebrar-se o vidro, já vem vindo a cobra, vem, Cristiano, me abraça, me enlaça, me arregaça, me enleia, tateia, procura, me aperta, me pega, me toma, te amo, sou sua, estou nua, te quero, te pego, te levo comigo, me leva contigo, me faz viver, me faz feliz, me faz mulher! Ah, Cristianoooo... Ahhh..."

# A paixão e o tormento

— Ah, menina, como estou nervosa! Será que ele vem mesmo?

— Chegamos muito cedo, Rosana. É claro que ele vem.

Na frente do cinema, Isabel sorria, tentando acalmar a ansiedade da amiga.

— Ainda faltam dez minutos...

— Meu cabelo está bom? Você acha que esta blusa combina?

— Você está linda, Rosana. Agora pare de bancar a criancinha.

— Ah, Isabel, você devia ter visto a cara do Cristiano quando leu o poema...

— É? Ele disse alguma coisa?

— Não. Não disse uma palavra. Sorriu, e foi como...

— ... como se o sorriso improvisasse uma resposta de amor...

— Hum? Acho que foi isso mesmo. Ele é inteligente até calado!

No meio das pessoas que subiam pela escada rolante do *shopping*, Isabel reconheceu alguém.

— Tchau, Rosana, aí vem Cristiano. Se você ficar nervosa, sem saber o que dizer, entregue esta carta para ele.

— Outra carta? Mas a letra não é...

— Não se preocupe. Eu sei imitar a sua letra.

— Ah, Isabel, você é demais! Nem sei como agra...

— Então não agradeça. Tchau, Rosana.

Nem olhou para trás. Não aguentaria testemunhar o encontro. Beijinhos, palavras vazias, sorrisinhos, mãos dadas...

Quando entrou na livraria, porém, tinha um ar despreocupado, como se no cinema, quase vizinho, não tivesse deixado um pedaço de si mesma. Isabel procurou as estantes do fundo, onde sempre tem menos gente e menos luz. Ao acaso, uma edição luxuosa: Fernando Pessoa. Bateu os olhos e incluiu a si mesma no poema "Autopsicografia":

*A Isabel é fingidora,*
*finge tão completamente*
*que chega a fingir que é amor*
*o amor que deveras sente...*

Lia com um sorriso vago, como se lê uma velha anedota. Outro fingimento. Não era ela a rainha dos fingidores? Fingia tão completamente naqueles versos e cartas que Cristiano acreditaria naquele amor. E ficaria cada vez mais apaixonado... por Rosana!

"Fingir não é difícil, quando se finge que se finge. É só usar alguns exageros, alguns símbolos..."

Mais uma vez, das páginas do livro, saltaram as palavras de Fernando Pessoa reforçando o pensamento de Isabel:

*Símbolos? Estou farto de símbolos!*
*Que o sol seja um símbolo, está bem.*
*Que a lua seja um símbolo, está bem.*
*Que a terra seja um símbolo, está bem.*
*Mas que símbolo é, não o sol, não a lua, não a terra,*
*mas a costureira que para vagamente à esquina*
*onde se demorava outrora com o namorado que a deixou?*
*Símbolos? Não quero símbolos!*
*Queria que o namorado voltasse para a costureira!*

A pouca luz que lhe iluminava a página diminuiu, coberta por alguém às suas costas.

— Renovando as ilusões, senhorita Ilusão?

Fernando! Sempre Fernando, em todas as horas em que Isabel queria ficar só.

— Fernando Pessoa... — leu o rapaz por cima dos ombros de Isabel. — Gosta de Fernando Pessoa? E da pessoa do Fernando, você gosta?

Isabel suspirou.

— Poderia gostar mais, se a pessoa do Fernando fosse menos insistente e soubesse escolher melhor a hora de aparecer...

— Acho que quem escolheu foi você. Eu trabalho à tarde nesta livraria.

— Oh, é mesmo? Eu não sabia...

— Tem muita coisa que você não sabe, Isabel.

— E que certamente você gostaria de me ensinar, não é?

— Você não encontraria professor mais dedicado...

— Por quê, Fernando? O que você quer?

— Você, Isabel.

— O que você vê em mim? Uma gorducha, de óculos, feiosa e sem graça, que ninguém tira para dançar?

— Não. Isso é o que *você* vê. O que eu vejo é uma garota fascinante, que se esconde nos jardins para não correr o risco de alguém tirá-la para dançar...

— Que é que você entende, Fernando? Que é que você sabe?

— Sei, por exemplo, que Fernando e Isabel foram dois reis espanhóis que se amaram muito e até ajudaram a descobrir a América...

— Pois saiba que não sou espanhola, não toco castanhola e não quero descobrir coisa nenhuma. De mim, da verdadeira Isabel, você não sabe nada!

— Aquilo que eu não sei não posso saber que não sei. Por que você não me conta? Vamos sair um pouco? Que tal uma volta?

— Mas você não está trabalhando?

— Tenho direito a uma folga. Depois, minha mãe é a dona da livraria.

---

Tinha sido bom encontrar o chatinho do Fernando. O rapaz ajudou-a a passar aquelas duas horas. Poderia vir a ser um bom amigo, desde que parasse de chamá-la de "senhorita Ilusão", é claro.

Com aquele passeio, depois que Isabel pegou Rosana no cinema, tinha até no que pensar enquanto fechava os ouvidos para não ouvir as descrições da amiga.

— Nem deu para ver com quem era o filme, menina! Imagine que o Cristiano...

Fernando, na verdade, não tinha sido chato, nem cínico. Tinha sido até muito agradável. Mas Isabel só enxergava Cristiano quando olhava para Fernando, só ouvia Cristiano quando tentava escutar a voz de Fernando.

— ... me deu até vontade de rir! Mas, num momento, eu estava nas nuvens, porque Cristiano...

"Por quê, Cristiano? Por que a Rosana, Cristiano? Por que não eu, a Isabel? Por que não eu, que escrevi o amor que Rosana sente por você? Você acreditou, Cristiano? Então por que não pôde ler este mesmo amor nos meus olhos?"

— ... eu nem sabia o que fazer, Isabel. Mas, pelo jeito, ele sabia pelos dois e estava louco pra me ensinar...

"Eu também queria aprender, Cristiano. Eu também queria ensinar, Cristiano. Juntos, ninguém saberia mais de amor do que nós dois... Eu aprendi muito com aquele beijo, com aquela noite, com aquele jardim, com seus lábios, com seu corpo, com seu calor, com seu cheiro, mas..."

— ... bem, eu não queria deixar, mas foi aí que ele...

— Cala a boca, Rosana!

---

— Cala a boca!

— Oh, oh! Mais uma cartinha? Quantas já escreveu para Cristiano? Cinco? Dez?

— Cala a boca!

O inimigo rachado ria-se sério, como se transformasse cada escárnio em uma bofetada. Esbofeteada, surrada por ela mesma, Isabel punha no papel todo o tormento e toda a paixão que a perseguiam, que aumentavam a cada dia e a cada carta que renovava o namoro de Rosana e Cristiano. O mesmo papel que, mais uma vez, seria entregue pela amiga ao seu querido. E que serviria para aumentar a paixão de um lado e o tormento do outro.

Ah, tormento que eu não posso confessar!
O que eu escrevo é a verdade, eu não minto,
eu declaro tudo aquilo que eu sinto,
e é a outra que teus lábios vão beijar...

Sei que quanto mais verdade tem no escrito,
mais distante eu te ponho dos meus braços,
pois desenho o paralelo de dois traços
que na certa vão perder-se no infinito...

Estes versos feitos pra te emocionar
justificam todo o amor que tens por ela
e as carícias que esses dois amantes trocam.

E eu te excito, sem que venhas a notar
que esses lábios que tu beijas são os dela,
mas são minhas as palavras que te tocam!

— Não! Onde estou com a cabeça? Não posso entregar *isto*! Cristiano não pode saber que... Nunca! Eu prometi. Preciso escrever outra carta. Outra carta... Ah, Cristiano, eu morro...

— Isabel! Telefone pra você!

Mais uma vez o grito histérico da mãe. Mais uma vez seria Fernando. Ela já estava se acostumando a ele.

— Alô...

— Alô, priminha? É você?

— Cristiano...

# A segunda promessa

Cristiano!

Era ele. Era ELE! E queria falar com ELA! Pedira segredo e que ela o encontrasse em meia hora no parque de diversões. Seria melhor assim, pois, se ele viesse à sua casa, sua mãe ocuparia todos os espaços, ofereceria lanches e não os deixaria conversar a sós.

*A sós? Por que a sós? O que haveria para segredar? Será... será que ele tinha conseguido ler nas entrelinhas das cartas que Rosana lhe entregava? Será que ele pudera descobrir? Não!*

E se eles tivessem brigado e Cristiano afinal houvesse descoberto que Isabel era o seu verdadeiro amor? Bem, isso até que seria de esperar porque... Que nada! Impossível! Como o amor dele por Rosana poderia diminuir depois de todas aquelas cartas e poemas? E Rosana não lhe tinha dito que era impossível encontrá-lo sem alguma cartinha? Que "onde está a cartinha?" era a primeira frase que Cristiano dizia logo ao se encontrarem? Além disso, mesmo que os dois tivessem brigado, por que haveria Cristiano de lembrar-se dela? Nunca mais haviam se falado desde aquele maldito encontro no laboratório...

"Não. É melhor esquecer as esperanças. Mesmo que ele desistisse de Rosana, por que haveria de olhar para mim? Por que para a feiosa, para a gorducha? Você não vai desistir da Rosana, Cristiano. Eu não vou deixar. Eu vou continuar te amando, meu querido, e você vai me amar cada vez mais através das minhas cartas. Mesmo que você nunca venha a saber disso, meu amor..."

A semana estava no meio e o parque de diversões estava quase deserto. Uma babá trocava sorrisinhos com o sorveteiro enquanto a criança de quem ela deveria estar cuidando aproveitava para verificar de que cor ficariam seus sapatinhos brancos depois de mergulhados na lama até os tornozelos.

Cristiano chegou, lindo como nunca. Ou como sempre. Como sempre chegava e nunca saía do pensamento de Isabel.

— Oi, priminha!

— Oi, Cristiano...

Lá vieram os beijos estalados e lá ficou Isabel recordando aquela noite, aquele jardim e aquele beijo tão diferente desses estalos reservados à priminha. Naquela noite, no escuro, ela não fora a "priminha" para Cristiano. Fora mulher. Depois... Bem, depois era agora.

— Priminha...

Isabel ficou ouvindo, quase sem prestar atenção, as palavras que pareciam um discurso de introdução a algo mais importante. Cristiano falava da sua adaptação à cidade, de todas as escolas em que estudara por causa das viagens do pai, da turma boa que já conseguira formar, tudo entremeado de risadas e "priminhas queridas".

— Quer um cachorro-quente, priminha querida?

— Não, obrigada... eu... estou de regime...

Atrás da montanha-russa, vazia e parada, parecia um bom lugar para conversar. Ali, os dois estariam protegidos dos poucos olhares indiscretos que aparecessem.

Começou a soprar um ventinho frio e a enorme estrutura de ferro rangeu enferrujadamente. Cristiano tinha acabado de devorar o cachorro-quente e de limpar com as costas da mão um bigode de mostarda.

— Priminha, como da outra vez, eu quero lhe falar de Rosana...

Isabel sentiu-se arrepiar com o vento e com o rangido irritante dos ferros.

— Sabe? Nunca encontrei alguém como ela. Nunca pensei que pudesse me apaixonar desse jeito. Não ria, prima, com você eu me sinto tranquilo. Não tenho vergonha de confessar o que sinto. Rosana é linda, mas é ainda muito mais...

As palavras de Cristiano tornavam-se cada vez mais claras para Isabel, e a menina encolheu-se, como a se proteger de algo mais assustador que parecia estar por vir.

— Eu não esperava que ela tivesse tanta sensibilidade, priminha, além da beleza. Engraçado... Você a conhece há tempos e deve saber disso melhor do que eu: Rosana é tímida como um coelhinho. Quando estamos juntos, ela quase não fala, apenas sorri. É muito carinhosa, é claro, mas pessoalmente quase não dá pra notar a cabecinha maravilhosa que ela tem. Só que, quando ela escreve...

— Quando ela escreve... o que é que tem?

— O mundo todo se enche de luz, priminha! Você nem pode imaginar. Todos os dias Rosana chega com uma carta, com um poema, com uma prova de amor que me tira o fôlego. Bem, eu nunca fui muito ligado em literatura, sabe? Mas Rosana abriu para mim um mundo diferente. Um mundo de pensamentos, de palavras, de emoções. Um mundo que eu desconhecia.

— Verdade? E você está gostando desse novo mundo?

— Estou adorando! Você deveria ler o que ela me escreve, priminha! Eu leio e releio cada carta cem vezes e não me canso. Acho que nunca li coisas tão lindas em toda a minha vida...

— Ora, que exagero...

— Exagero? Você diz isso porque não sabe do que Rosana é capaz. Ela é muito mais linda escrevendo do que pessoalmente!

— Oh, você acha mesmo?

— Rosana e você são amigas há muito tempo. Na certa você já deve ter lido algum poema dela, não?

— Bem... alguns...

— E o que acha deles?

— Hum... não são maus...

— Não são maus?! São maravilhosos! São as palavras mais puras e verdadeiras que eu jamais li!

— Ah, Cristiano, você acha isso mesmo?

— Prima, eu estou cada vez mais caído pela Rosana. No começo, foi aquele rostinho que me atraiu, mas o rostinho era pouco perto do espírito que ela escondia dentro dele. Agora, nem penso mais na beleza de Rosana. As cartas dela me emocionam até mais do que seus beijos. Quase que prefiro estar no meu quarto, relendo as cartas, do que junto dela...

— Oh, Cristiano, não fale assim...

— Ah, priminha, eu vou amar Rosana enquanto viver! Não me importa se ela é linda ou se é feia. Eu a amaria de qualquer jeito, mesmo que fosse feia!

— O quê?! Mesmo que ela fosse feia?

— É claro que sim!

Freneticamente, Isabel agarrou os dois braços de Cristiano.

— Diga: você a amaria? Mesmo que ela fosse gorda? Me diga: mesmo que...

— Mesmo que eu fosse cego! Bastaria que alguém lesse para mim o que ela escreve!

Aos poucos, Isabel afrouxou a pressão dos dedos nos braços de Cristiano.

— Você... Você não sabe o que está dizendo, Cristiano...

Uma garoa fina e gelada começou a se fazer sentir. Os rangidos dos ferros da montanha-russa percorriam a espinha de Isabel de alto a baixo. Atrás do sorriso que ela conseguia representar a custo, seu rosto estava branco.

— E você... me trouxe aqui só para me dizer isso, Cristiano?

O rapaz baixou os olhos. Num momento, toda aquela paixão, todo aquele entusiasmo deram lugar a certo desânimo.

— Não... Na verdade, fico até contente em lhe contar tudo isso. Quero que você saiba da minha felicidade. Afinal, foi você que me abriu um novo mundo ao trazer Rosana à minha festa, não foi? E depois ajudou nosso primeiro encontro. Eu lhe devo muito, priminha.

A garoa estava cada vez mais gelada e, caindo vagarosamente, já tinha encharcado os dois.

— Você prometeu nos ajudar, lembra-se? Eu lhe pedi, naquela manhã, no laboratório...

— Sim, eu me lembro...

— Você é a madrinha desse amor maravilhoso, prima.

— O que você quer que eu faça? Que os abençoe?

— Eu agora preciso de um pouco mais, sabe? Nunca fui um bom aluno. Eu só sei jogar futebol...

— Como? Mas tia Adelaide disse...

— Isso são coisas da mamãe. Ela vive fazendo uma propaganda maluca, onde apareço como ela gostaria que eu fosse, não como eu sou. Sempre passei raspando, prima. Principalmente em português e literatura. E me sinto um pouco humilhado diante do talento de Rosana. O que ela há de pensar de mim?

— Ela te ama, Cristiano.

— Disso eu sei. Só quem ama muito pode escrever o que ela escreve. Mas e eu? Eu não sei lidar com as palavras. Não sei responder a ela com a mesma... a mesma...

— ... ternura.

— É. É isso! Eu *sinto* essa ternura, mas não sei como demonstrar. Eu queria me mostrar a ela como eu sou de verdade, Isabel. Mas na hora acho que falta... falta aquela...

— ... paixão.

— Isso! A paixão está por dentro, é tão grande quanto a dela. Mas...

Isabel sugeria cada palavra, cada sentimento, como se fosse um jogador a descartar sobre um pano verde. E o rapaz comprava todas as cartas.

— Será que não falta amor, Cristiano?

— Não. Isso não falta. Eu quero aquela menina como ninguém há de querer. Tenho certeza. Mas, quando estou com ela, só consigo contar piadas!

— Pode ser um novo estilo de namoro. Piadas de amor...

— Não brinque, prima. Eu não posso parecer ridículo diante daquela garota maravilhosa.

— Fique tranquilo, então. Tenho certeza de que ela o ama como você é.

— Mas eu queria poder amar Rosana do jeito que ela me ama. Queria poder escrever para ela com a mesma ternura, com a mesma paixão com que ela me escreve. Mas eu não tenho jeito, priminha...

— Ah, Cristiano, você tem tantos jeitos...

O rapaz tomou nas suas as mãos de Isabel e trouxe-as ao peito. Olhou ansiosamente para a prima.

— Isabel, me disseram que você é ótima em redação. Foi por isso que pedi para falar com você. Preciso de mais um favor.

Isabel deixou as mãos apoiadas sobre o peito do rapaz. Desta vez, ele não estava usando a medalhinha. Sentiu pulsar-lhe o coração, num dueto com o seu.

— Prima, você poderia escrever alguma coisa para eu dar a Rosana?

A ferragem rangeu de novo, quase abafando a surpresa de Isabel.

— Como?!

— Só de vez em quando, priminha. Me ajude! Uma cartinha ou um verso, para que Rosana não se decepcione comigo!

— Mas como é que eu posso...

— Escrever uma carta de amor para outra garota? Você pode tentar, não pode? Talvez escrevendo como se fosse para o seu namorado. Depois eu copio, passando tudo para o feminino. Você tem namorado, não tem?

— Eu? Tenho... é claro...

— Como é o nome dele?

— O nome dele? É... Fernando...

Fernando! Droga! Foi o primeiro nome de que ela se lembrou. Se Fernando soubesse...

— Então escreva uma carta de amor bem bonita para Rosana como se fosse para o Fernando. Vai dar certo, você vai ver. Será o nosso segredo!

— Cristiano, eu...

— Ah, você prometeu, priminha. Me ajude!

— Sim, eu prometi...

— Pois prometa de novo!

Segurando-lhe os ombros, o rapaz a olhava, suplicante. Isabel esperou que um arrepio lhe percorresse todo o corpo molhado e murmurou:

— Eu... eu prometo, Cristiano...

# Perdas de amor

A aula era de filosofia, matéria que tinha fascinado Isabel desde o começo daquele ano letivo. Uma de suas aulas preferidas, com uma de suas professoras preferidas. Alguém com quem Isabel discutia acaloradamente e que estimulava a manifestação das ideias de seus alunos.

Mas, dividida como estava, como prestar atenção ao que dizia a professora Olga?

Como sempre, essa professora transbordava entusiasmo e contagiava cada aluno com sua paixão pela ciência do pensamento. Olga era uma das poucas professoras a quem os alunos chamavam de "você". Certamente não por ser a mais jovem mestra da escola, mas por ser a mais amiga dos alunos e uma das mais brilhantes do corpo docente.

Olga acabara de defender brilhantemente na universidade uma tese de doutoramento em psicologia. Alguma coisa sobre educação por indução subliminar. A professora até já tinha conversado com Isabel sobre suas teorias e (naturalmente!) a menina discutira essas teses, pois não podia aceitar isso de educar enfiando ideias à força na cabeça dos alunos, sem compreensão nem aceitação. Uma traição covarde ao direito de pensar e de escolher livremente. Pura traição. Algo com que Isabel nunca concordaria.

Mas Olga era maravilhosa, era um charme. E apoiava as discordâncias com entusiasmo, mesmo que fossem contra si própria.

— Meus queridos, a lógica não esgota o pensamento. Ela, isoladamente, não é o bastante para explicar o processo de pensamento. Para pensar, precisamos de palavras. Sem elas, nada podemos reter na memória e nada podemos compreender. Devemos então, para melhor pensar, saber usar as palavras, não é? Acontece, minha gente, que a língua tem também a sua lógica, que tanto pode servir para revelar quanto para enganar. Querem ver? Prestem atenção no seguinte pensamento lógico. É um silogismo, como já vimos na aula passada: "O *ser é ser* e o *não ser é não ser*. Ora, se o *não ser é não ser*, o *não ser* é alguma coisa. Então, se o *não ser* é, o *ser* não é". Entenderam? Se aplicamos a lógica da língua, este pensamento parece perfeito, não é? Assim, com um encadeamento lógico de palavras, podemos criar um absurdo...

"Um perfeito absurdo...", pensava Isabel. "O absurdo de alguém que põe no papel toda a lógica do seu pensamento, e o resultado é o nada... Muito bem, eu prometi. Agora tenho de criar *dois* absurdos!"

---

O inimigo, rachado de alto a baixo, dividia Isabel. Uma das duas deveria amar Cristiano, e a outra deveria estar apaixonada por Rosana. Mas ela sentia-se inteira de Cristiano, cada pedacinho de seu corpo e de sua mente vibrava, pulsava, pertencia a ele. Só que ele pertencia a Rosana. Como, então, escrever uma carta de amor para a rival? Como ajudar seu amado a declarar-se mais ainda à garota que a estava destruindo?

"Mas eu prometi, eu prometi..."

À sua frente, folhas rabiscadas, papéis amarrotados, um respondendo ao outro, um querendo agarrar, outro querendo ser agarrado, um forçando, outro permitindo. Era como se a mão esquerda escrevesse para a direita, era como se um ouvido falasse para o outro.

Por sobre aquela divisão, pairava a voz rachada do inimigo, provocando, torturando, gozando e, ao aumentar a dor, fazia ferver ainda mais o caldeirão de misturadas paixões, promessas e desesperos que queimavam Isabel por dentro.

ANTES DE TI, CRISTIANO,
EU NEM SABIA SEQUER,
FUI METADE DE MIM MESMA,
FUI PEDAÇO DE MULHER.

VOU DEIXAR MEU PEITO ABERTO,
ROSANA DE AMOR SEM FIM,
SEM PORTEIRO, SEM VIGIA,
PARA QUE ENTRES EM MIM.

— Ah, Isabel, idiota! Ouve, sou teu inimigo. Esquece essa promessa cretina. Ele adora o que você escreve. Ele adora *você*!

"As palavras de Rosana devem ser mais ingênuas. Acho que Cristiano espera que seja assim. Ai, Cristiano..."

ERA METADE DE MIM,
ERA PEDAÇO INOCENTE,
POIS EU ERA QUASE NADA
E PENSAVA QUE ERA GENTE.

ENTRE AQUI DENTRO, ROSANA,
AQUI NÃO HÁ NADA DE MAL.
MAS VAIS ACHAR EM MEU PEITO
UM VERDADEIRO ARSENAL!

— Você cozinha os versos com o seu melhor tempero, não é? E para quê? Para morrer de fome enquanto os dois se empanturram com a emoção que você criou?

"Quando as cartas são de Cristiano, acho que têm de ser mais fortes, mais masculinas, mais ousadas. Ah, Cristiano, eu *quero* que você seja assim..."

HOJE SOU RÉ! SOU CULPADA,
SOU O SUL E SOU O NORTE,
CONFESSO MEU CRIME DE VIDA
QUE DÁ LUZ EM VEZ DE MORTE!

É SÓ TRANSFORMAR EM GRANADA
OS PULMÕES E O CORAÇÃO.
ESPALHANDO AOS QUATRO VENTOS
ESTILHAÇOS DE PAIXÃO!

— Cretina! Rasga isso! Seja mulher, Isabel. Vá atrás dele. Lute por ele!

"Sou Isabel... Sou mulher... Sou gente! Socorro, Cristiano... me escute... estou perdida..."

QUERO QUE VENHAM JUÍZES
DISPOSTOS A ME CONDENAR
E TE NOMEIEM CARRASCO
PRA EU VIVER A TE ADORAR!

POIS QUE VENHA A MEDICINA,
POIS QUE BERRE, POIS QUE ZANGUE!
NÓS VAMOS JUNTOS GRITAR:
UM... DOIS... TRÊS...! SANGUE!

— Rasga! Esquece!

CRISTIANO, ME AGARRA, SOU TUA!

É ASSIM QUE EU TE QUERO, ASSIM!

ME ACEITA FRACA, DESPROTEGIDA, NUA!

VEM MORAR DENTRO DE MIM!

— Te entrega, Isabel!

— *Calem a boca! Todos vocês!*

— Fique tranquila, Rosana. Aqui a gente pode conversar sossegada. Minha mãe saiu, com enxaqueca e tudo. Temos a tarde inteirinha pra fofocar à vontade.

No banheiro em frente ao quarto, Rosana experimentou um batom de Isabel, espremendo os lábios.

— Precisa trocar este espelho. Nem sei como você consegue se maquiar com esta rachadura. Como foi que quebrou?

Do quarto, Isabel respondeu:

— Sei lá. Quebrou, só isso.

Isabel já havia separado uma pilha de livros e cadernos, mas olhou sorrindo para a amiga, que voltava do banheiro.

— Você não estava pensando "exatamente" em estudar biologia quando veio para cá, não é?

Rosana sorriu e andou sonhadoramente até a cama de Isabel, onde se jogou, sem se preocupar em tirar os tênis.

— Não sou como você, Isabel, que está sempre interessada em tudo, ligada em todas as coisas. Eu só tenho uma ideia fixa. Uma ideia fixa que já dura um mês. Não consigo pensar em nada senão em Cristiano. Você não sabe o que isso significa...

— Ah...

A pilha de livros caiu das mãos de Isabel. A menina ajoelhou-se no chão e começou a reempilhá-los apressadamente, como se um rio pudesse arrastá-los consigo.

— Posso fazer uma ideia, Rosana.

— Acho que você não pode. Ninguém pode saber o que é amar alguém como Cristiano. Eu... eu acho que estou te traindo, Isabel...

— Traindo? Como?

E a pilha de livros espalhou-se de novo pelo chão.

— Estou escondendo um segredo de você. Cristiano adora suas cartas...

— Adora? Adora mesmo?

— E como! Vou ser grata a você pelo resto da vida por ter me impedido de passar por burra diante dele. Cristiano parece tão caído por mim quanto eu por ele. No começo, nos primeiros dias, ele se conteve, como se... como se...

— ... como se quisesse deixá-la à vontade.

— Exatamente. Deixar-me à vontade. Isso acabou fazendo com que o nosso namoro girasse quase que só através das suas cartas, Isabel. Daquilo que você escrevia. Mas, depois, ele se abriu. E como se abriu! Ele é um amor, mas também é um gênio. O segredo que eu queria te contar são estas cartas dele. Veja!

Rosana abriu a bolsa e tirou um macinho de cartas mil vezes relidas.

— Hum? Cartas de Cristiano?

— Eu não queria mostrar a ninguém, Isabel. É lindo demais. Queria guardar esta beleza só para mim. Eu tenho ciúme destas cartas. Ciúme dele. Mas você tem o direito, não é? É você quem põe no papel o amor que eu sinto por ele. Acho que você tem o direito de ler.

Como se estivesse pouco interessada, Isabel folheou rapidamente os papéis que conhecia quase de cor.

*A letra de Cristiano reproduzia cada uma daquelas palavras que ela havia criado na tortura de sua solidão, perseguida pela voz do inimigo rachado.*

— Então? O que acha?

— Eu? Hum... não sei, parece razoável... Algum estilo...

— Algum estilo?! Que é isso, Isabel? Você está perdendo a sensibilidade? Aí estão as ideias mais malucas, mais francas, mais lindas que já li. Ser amada desse jeito é muito mais do que sonhei na vida. E você ainda diz que tem "algum estilo"!

— Você gostou mesmo, Rosana?

— Desculpe, mas eu acho que finalmente você encontrou um rival literário à sua altura. O que ele me escreve tem muito mais inspiração do que as cartas que você escreve por mim!

— Hum...

— É tudo tão bom, um sonho tão maravilhoso com Cristiano, que eu chego a sentir medo.

— Medo? Amor e medo. Parece que não combinam.

— Medo de ser desmascarada por Cristiano. Um garoto tão sensível, uma cabeça tão incrível... Quando estamos juntos, ele não fala essas belezas que escreve. Conversa, ri e brinca, só. Toda a beleza que ele tem por dentro fica para as cartas e para as poesias. Acho que ele sentiu que eu, pessoalmente, não consigo dizer o que você escreve nas cartas.

— É? E você? O que faz?

— Eu dou todo o carinho que posso, mas me faço de tímida, sorridente, meio calada, para disfarçar. Eu queria poder falar, abrir a boca e dizer tudo o que sinto por ele. Mas sei que, na hora, não vou conseguir dizer nada e ele vai se decepcionar comigo. Isabel, eu tenho medo. Medo de que Cristiano...

— Está bem!

— Como?

Isabel bateu os livros sobre a mesinha. Agarrou Rosana pela mão e arrastou a amiga para a sala.

— O que está havendo, Isabel?

— Você vai falar com Cristiano e dizer tudo o que sente. Agora!

— Mas...

Decidida, estendeu o telefone para Rosana.

— Pegue. Ligue para ele.

— Ora, mas eu lhe disse...

— Não tenha medo. Eu fico ao seu lado e vou falando. É só repetir.

— Isabel, você está vermelha... O que houve?

— Você quer falar com ele, não quer? Pois fale! Eu estarei pendurada no seu outro ouvido. Fale com ele e repita tudo o que eu disser.

Colocou o fone nas mãos de Rosana e ela mesma fez a ligação.

— Isabel! Não...

— Alô.

Do outro lado da linha, a voz de Cristiano.

— Eu... Cristiano, eu...

— Rosana! Oi, meu amor. Eu estava agora mesmo relendo aquele seu poema que...

— Que bom! Relendo meu poema...

Isabel colou a boca ao ouvido livre de Rosana.

— Repita: Não, não releia o que já sabe, Cristiano. Não quero que o meu amor pare no tempo da jura de ontem. Ouça o amor de hoje, que será bem menor que o de amanhã...

— Não, Cristiano... eu...

— Alô? Rosana? O que está havendo?

— Vamos! Repita o que eu disse!

— Não! Eu, eu... Cristiano...

Com o rosto em brasa, Isabel arrancou o fone das mãos de Rosana e tapou parcialmente o bocal com uma toalhinha de crochê que enfeitava a mesa do telefone. E falou, inflamada de paixão.

— O que eu escrevo, Cristiano, é menos do que posso dizer. E o que eu posso dizer, agora, é menos do que sinto por você. Tanta verdade se perde no caminho do coração ao cérebro, do cérebro à boca, da boca à mão, da mão ao papel... Agora eu quero que você saiba tudo o que sinto, sem perdas pelo caminho, sem desperdícios. Quero que você percorra os meus caminhos de volta, dos papéis ao coração. É aqui! É aqui dentro que você tem de morar, meu amor!

— Ah, Rosana... A sua voz está tão diferente! A ligação está abafada... Parece outra pessoa...

— É que hoje eu não sou eu, pois sou eu mesma. A mesma do princípio do caminho, sem perdas de amor pela estrada, sem bloqueios, sem vergonhas. Eu sou agora aquele verdadeiro *eu*, que você ainda não conhece. É esse eu que você deve compreender, conhecer e amar!

— Eu... eu te amo, Rosana...

Ao lado da amiga, ouvindo só uma das partes, Rosana começou a chorar.

E Isabel falou. Falou, quase sem dar tempo para a resposta do outro lado, sem tomar fôlego. Envolveu Cristiano, virou-o, manipulou-o, excitou-o, passando da frase mais arrebatada ao sussurro mais tímido, como uma pequena gata felpuda que rolasse no colo do dono.

— Rosana! Eu quero te ver. Agora!

— Então venha correndo. Me encontre na casa de Isabel. A mãe dela não está. Hoje eu quero ser sua, Cristiano. Venha me buscar!

De olhos molhados, sem entender nada, Rosana olhava atônita para Isabel.

O telefone foi desligado com decisão. Isabel estava de pé, respirando como se tivesse acabado de correr a maratona, com os olhos arregalados e, nos lábios, um sorriso cínico, de triunfo.

— Pronto. Eu consegui. Prepare-se. Ele vem aí. É todo seu. Eu vou à livraria da mãe do Fernando.

— E eu? O que digo quando ele chegar?

— Aja. Eu já disse tudo.

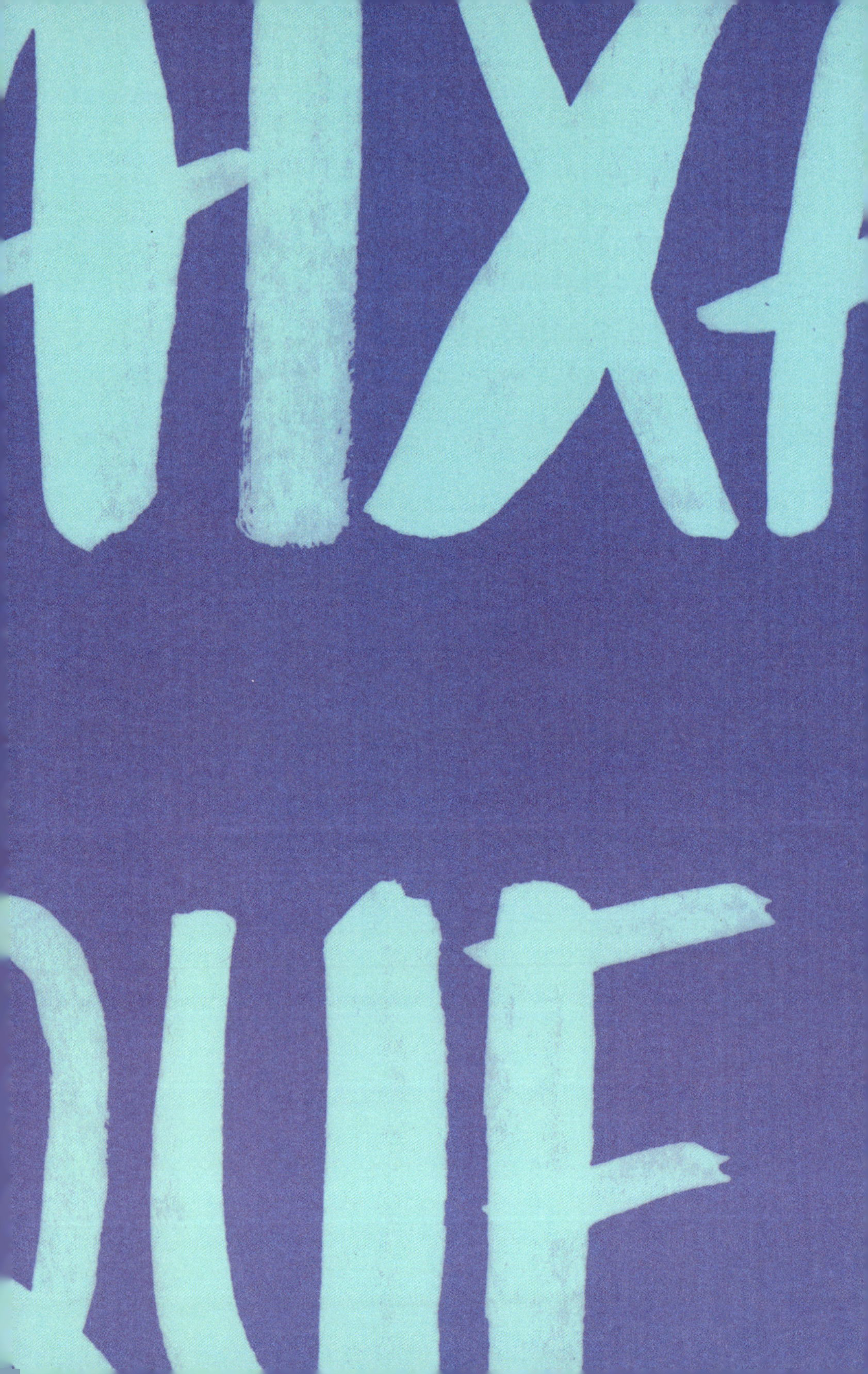

## II. PAIXÃO QUE MATA

# Um pouco

Isabel era um fantasma, naquela manhã.

O primeiro sinal acabara de soar quando ela chegou ao colégio. Não teve coragem de juntar-se ao tumulto dos estudantes correndo para as classes. Encostou-se à parede, abraçada ao fichário e ao livro de química inorgânica, e ficou vendo esvaziar-se o pátio.

Inorgânica... Não orgânica... Sem órgãos... Sem organismo... Sem entranhas... Sem vida... Mas cheia de paixão, cheia daquela paixão de um lado só, sem retorno, sem correspondência, sem esperança, sem futuro...

Sem futuro mesmo, depois daquela tarde. A mãe tinha chegado, é claro, com sua enxaqueca e a surpresa de encontrar o sobrinho com Rosana em pleno sofá da sala.

— Na maior atracação! Pouca-vergonha! O que vão dizer os vizinhos? Ah, se seu pai estivesse vivo...

— Ele *está* vivo, mamãe!

Depois, à noite, conselho de família, exigências de compromissos. Os pais de Rosana, bem à antiga, imaginando

# de veneno

todas as safadezas, falando em exames médicos, derramando lágrimas e ameaças.

Mas discutir o quê? Ali estavam os dois, amando-se como nunca, como nunca jurando amor eterno, *querendo* compromissos.

— Praticamente duas crianças! — lamentava-se tia Adelaide. — Não é cedo demais para se falar em papéis assinados?

Todos os papéis que importavam, porém, já tinham sido escritos. E todos por Isabel. Foram eles que geraram e alimentavam o amor daqueles dois. E destruíam a esperança da autora. Em muitos deles, ficara apenas a marca de uma lágrima. Pingada na solidão de seu desespero.

— Senhorita Ilusão... Isabel! Não vai subir para a classe?

Fernando! Sempre Fernando, sempre presente, nunca Cristiano!

— Já vou, Fernando. É só um instante. Suba você.

— Eu espero.

— Não, por favor. Vá. Eu preciso deste instante. Faça isso por mim.

Fernando aproximou-se suavemente. Isabel sentiu o calor do rapaz e o perfume suave da colônia masculina. Fernando tomou-lhe a pontinha do queixo e ergueu o rosto de Isabel em direção ao seu.

— Não, Fernando, por favor...

Com a palma da mão, procurou afastar o rapaz.

— Eu preciso ficar só, só um momento...

— Isabel...

Os dedos da menina enroscaram-se em alguma coisa que saía da camisa de Fernando, quando ela se esquivou dos lábios que procuravam os seus. Com o arranque, algo veio partido, pendurado em sua mão.

"Uma correntinha. Estão na moda as correntinhas!", pensou Isabel.

A correntinha caiu no chão. Abaixaram-se os dois para recolhê-la, mas...

— Ei, vocês dois! O que estão fazendo fora da classe?

Brucutu! O bedel-chefe! Uma massa enorme que devia ter sido carcereiro antes de empregar-se naquele colégio. O pavor de todos os alunos, o perseguidor implacável; o pesadelo dos cabuladores, dos conversadores, dos namoradores.

— Nada... a gente já ia subir...

— Já deviam ter subido, vocês sabem muito bem. Ninguém pode ficar no pátio depois do sinal!

— Mas é que...

— Pra diretoria já! Os dois!

A mão de Fernando apertou a mãozinha de Isabel, para dar-lhe apoio. Mas aquilo não era necessário. Ouvir um discursinho de dona Albertina, a diretora obesa e sorridente que era a alma daquela escola, não assustava ninguém. Quem assustava era Brucutu.

---

Apertando mais do que o necessário, Brucutu arrastou os dois pelos braços até a diretoria.

Sem saber explicar por quê, Isabel sentia um clima de insegurança ao longo do corredor.

A sala da diretoria estava fechada. À frente da porta, Olga, a jovem professora de filosofia, a tal da tese sobre educação por métodos subliminares, esmurrava a porta, nervosamente.

— O que está havendo? — estranhou o enorme bedel. — O que houve, dona Olga?

— Não sei. Estou preocupada. Eu tinha uma reunião com dona Albertina agora, mas ela está trancada aí dentro, não responde.

— Bom, eu tenho a chave mestra. Se a senhora quiser...

— O que está esperando? Abra logo!

Brucutu largou os dois e tirou um molho de chaves do bolso.

— Está difícil... A outra chave está na fechadura, do lado de dentro...

— Anda logo! — insistiu nervosamente a professora Olga.

A fechadura cedeu com um estalo. Brucutu abriu a porta e agarrou novamente os braços de Isabel e Fernando, acompanhando-os para dentro da diretoria.

As cortinas estavam fechadas e as luzes todas acesas. Isso era anormal para aquela hora da manhã, mas era assim que dona Albertina trabalhava em seus serões.

— Dona Albertina? — Isabel ouviu atrás de si a voz da professora de filosofia. — Onde a senhora está?

A enorme mesa de trabalho, antiga e esculpida a mão por algum artista esquecido há muito tempo, estava coberta de pastas de trabalho. Em cima de tudo, um papel de bombom.

Contendo-se para não gritar de dor por causa do apertão de Brucutu, Isabel foi empurrada para a frente, em direção à mesa. Por isso ela foi a primeira a ver o **cadáver** de dona Albertina.

O resto do dia foi uma espécie de pesadelo circense, muito diferente do que Isabel imaginaria para um enredo de filme.

Morta dona Albertina, o poder de tomar decisões e de dar ordens competia agora à professora Virgínia, a vice-diretora, cuja utilidade na direção da escola ainda não tinha sido percebida por ninguém. Seu primeiro ato como autoridade máxima foi acender um cigarro e ter um verdadeiro faniquito, que só serviu para quase transformar em comédia o trágico fim de dona Albertina.

Depois que a fizeram engolir um copo com água açucarada, a professora Virgínia choramingava:

— Ai, ai, ai, coitada da Albertina! Como é que uma coisa dessa foi acontecer? O coração dela era tão forte... Alguém chamou o pronto-socorro?

Foi necessário convencer a professora Virgínia de que o pronto-socorro teria pouco a fazer com um cadáver e que o certo seria chamar a polícia, como em todos os casos de morte súbita, sem assistência médica.

— A polícia?! Na nossa escola? Que horror! Coitada da Albertina! Albertina! Albertina!

Entrou na sala da diretora como uma louca e trancou-se, sozinha. Lá dentro, teve outro ataque, aos berros, como se fosse possível acordar a morta.

Quando a porta se abriu, a professora Virgínia parecia convencida de que a morta estava mesmo morta. Determinou que a diretoria ficasse trancada, com cadáver e tudo.

Engoliu mais água com açúcar e, sem parar de lamentar-se, mandou dispensar todos os alunos e funcionários. Mais tarde, teve de aguentar a fúria do investigador, que chegou duas horas depois de chamada a polícia.

— Quem lhe deu ordem para dispensar todo mundo?

— N-ninguém... — gaguejou a professora Virgínia. — Foi para os alunos não ficarem impressionados...

— E para estragar o meu trabalho!

— N-não... Eu pensei que um ataque do coração, como esse...

Não tinha sido um ataque do coração, afinal. A necropsia foi feita naquela mesma tarde e, no corpo obeso da educadora sorridente, querida por todos, líder de todos, o legista encontrou uma boa dose de cianureto.

Já anoitecia quando um carro da polícia foi buscar Isabel em casa. Sua mãe quis ir junto, naturalmente, carregando a pior crise de enxaqueca de que a filha se lembrava.

Mas a mãe teve de aguardar fora da sala da diretora, enquanto o investigador interrogava sua filha. Na sala, apenas a polícia, as quatro testemunhas daquela manhã, o professor de química e a professora Virgínia, que contagiava o ambiente com seu nervosismo e seus cigarros.

O investigador procurava reconstituir a cena da descoberta do cadáver. Perguntava, interrompia, duvidava.

Sentada ao lado de Fernando, quase sem ouvir o interrogatório, Isabel recordava claramente todo o cenário daquela manhã.

— Coitada da Albertina... — choramingava a professora Virgínia, acendendo mais um cigarro.

A professora Olga afastou-se para o outro lado da sala, incomodada com a fumaça.

Isabel lembrava-se da mão gorda de dona Albertina, primeiro pedaço da anatomia morta que ela vira entre a mesa e a janela. Coisa feia, sem jeito, que é um cadáver! Ainda mais de alguém tão gordo, tão grande, como a diretora. Estava jogada no tapete, como se um caminhão basculante a tivesse descarregado por cima da mesa, o vestido levantado, a boca aberta, os olhos esbugalhados. Nada que pudesse lembrar a alegria, o entusiasmo e o talento daquela mulher. A morte havia levado tudo.

— Coitada da Albertina... — fungava a professora Virgínia, como se estivesse ouvindo os pensamentos de Isabel e não o interrogatório profissional do investigador.

Tão gorda... Coitada! Sempre falando em fazer regime. Garantira que, no começo do ano letivo, estava decidida a emagrecer. Dissera que, dessa vez, a decisão era para ser levada a sério.

Isabel sorriu e, por um instante, visualizou a mesa da diretora naquela manhã. Lembrou-se claramente de um papel de bombom. Pobre dona Albertina! De dia, comendo saladinhas e exibindo sua vontade de emagrecer como se fosse um troféu e, à noite, fechada na diretoria com seus bombons e sua gulodice, como uma criança que se esconde para fazer reinações.

— Logo agora que ela estava fazendo regime... — lamentou-se a professora Virgínia.

Daquele momento em diante, não haveria mais gula ou regime para dona Albertina. Não havia nem mais o papel do bombom, que desaparecera de sua mesa. Nela, o que havia agora era um objeto, talvez um vaso, coberto por um pano.

— Cianureto! — vociferava o investigador para o professor de química. — Como é que uma escola como esta guarda cianureto no laboratório?

O professor de química olhou de lado, procurando algum apoio junto a Brucutu ou à professora Olga, que parecia a mais revoltada de todos, embora soubesse controlar-se melhor, sem fazer o papel ridículo de Virgínia.

— São estudos que estou fazendo com o pessoal do curso técnico — balbuciou o químico. — Estamos analisando a mandioca e...

— A mandioca?! — berrou o investigador. — Vai me dizer que a vítima foi envenenada com mandioca?

— Não... É que extraímos um glicosídio da mandioca que...

O pano que cobria o vaso sobre a mesa foi retirado. Não era um vaso. Era um frasco de laboratório. A meia distância, mesmo de óculos, não era possível a Isabel distinguir o que estava escrito no rótulo.

— A necropsia encontrou cianureto, professor. O veneno mais mortal do mundo!

— Pois é. Neste frasco há glicosídio cianonitrila, que é extraído da mandioca...

— Cianureto?

— É. Pode-se dizer que sim.

— A vítima poderia ter apanhado isto no laboratório? Como qualquer pessoa, não é?

— Qualquer pessoa, não. Mas dona Albertina sim. Esses produtos ficam em um armário trancado e ela, como diretora, é claro que tinha uma cópia de todas as chaves.

— Como é que uma coisa dessa foi acontecer justamente na nossa escola? — lamentou, aos soluços, a professora Virgínia.

O investigador exibiu um envelope plástico transparente que revelava um pouco de pó branco.

— Este envelope estava no chão, ao lado da mão da vítima. Certamente é o mesmo produto deste frasco, não é?

— Pode ser... — o professor de química sentia-se esmagado. — Posso fazer uma análise e...

— Deixe isso para os técnicos da polícia, professor. A sua parte irresponsável o senhor já fez, deixando cianureto no laboratório, ao alcance de qualquer um!

O professor protestou timidamente:

— Ora, não é bem assim. Há muitos produtos potencialmente perigosos em qualquer laboratório. No caso da linamarina...

— Como?! — a surpresa de Isabel interrompeu o professor. — O que o senhor disse?

— Linamarina. É o nome que se dá a esse glicosídio.

— A esse veneno, o senhor quer dizer! — cortou o investigador.

As recordações daquela triste manhã, na escuridão do laboratório, voltaram à memória de Isabel. Linamarina! Os dois nomes de mulher que, juntos, agora eram o nome da morte. Há quase um mês alguém tinha mexido naquele frasco. Na penumbra, sem óculos, cheia de lágrimas, no começo da longa estrada que haveria de afastá-la cada vez mais do seu grande amor, Isabel não poderia ter reconhecido ninguém. Sua única certeza é que não poderia ter sido a diretora. O vulto de avental branco não era grande. Nem obeso.

— Coitada da Albertina! — choramingou de novo a vice-diretora.

— Professora Virgínia! Quer retirar-se? A senhora está atrapalhando meu interrogatório!

Para a polícia, o caso pareceu simples. A porta trancada, com a chave do lado de dentro, o envelope contendo linamarina, as janelas fechadas e quatro testemunhas que haviam encontrado, juntas, o cadáver eram provas suficientes para se concluir que tinha sido suicídio. Motivos para isso? Não cabia à polícia deduzir. Afinal, onde está mesmo a lógica de alguém que decide tirar a própria vida? Uma vida obesa, alegre e produtiva? Uma vida de mulher, uma morte de mulher, uma morte com nome de mulher? Uma morte chamada linamarina?

Isabel lembrou-se do poeta João Cabral de Melo Neto e de *Morte e vida severina*, aquele poema maravilhoso. Uma vida severina... uma morte linamarina... Tudo se juntava como uma carga pesada demais para Isabel. A recordação daquele beijo louco, daquele Cristiano louco do jardim, daquela noite louca, quando tudo havia começado. Depois, a desilusão no laboratório, as cartas e os poemas cheios de seu amor desesperado. Agora, aquela morte tão estúpida, tão grotesca, e a lembrança do vulto de branco mexendo na linamarina. Mexendo na morte.

Suicídio... E o que Isabel tinha feito no dia anterior? Não tinha sido ela mesma a disparar o tiro de misericórdia na nuca de sua última esperança de felicidade? O que tinha sido aquela declaração ao telefone? O que tinha significado forçar o encontro de Cristiano e Rosana em sua própria casa?

Não fora isso uma espécie de suicídio? Um desejo de acabar logo com aquele sofrimento que só crescia, a cada hora, a cada verso a cada lágrima?

Afinal, o que era a morte? Uma massa de banha jogada grotescamente sobre um tapete? E o que era a vida, o que seria vida, agora que a ligação entre Cristiano e Rosana tornara-se pública e definitiva? O que seria então a morte senão um alívio, um *basta* a toda aquela tortura? O que seria a morte? Severina, como a do retirante nordestino? Linamarina, como a da diretora obesa e sorridente? Como seria a *outra* morte, a da menina gorda, da garota feia, da poetisa de óculos, espinha no nariz e inimigo rachado?

"É melhor um fim trágico do que uma tragédia sem fim...", pensou ela, ainda na diretoria, sentindo a delicada pressão da mão de Fernando sobre a sua.

Olhou para o tapete vazio onde havia descoberto o cadáver da diretora. E foi o seu próprio cadáver que viu ali.

— Oh, Isabel, entre, entre!

Carinhosamente, a professora Virgínia fez Isabel entrar na pequena sala da vice-diretoria, tão inútil quanto a ocupante.

— Sente-se, minha filha. Desculpe não ter falado antes com você, mas é que eu estava supernervosa. Você compreende, não é? Albertina morta, assim, sem mais nem menos... Nós éramos muito amigas, muito amigas mesmo...

Ela se preocupava tanto comigo... Imagino o seu choque ao encontrar o corpo da pobrezinha. Você parecia tão perdida lá, durante o interrogatório, tão frágil, tão desamparadinha... Mas não era para menos, não é?

Isabel sentiu-se pouco à vontade. O que queria aquela mulher? Será que faria outro escândalo, na frente dela? Um sofrido cansaço começou a tomar conta do seu corpo. As cargas que Isabel tinha de suportar estavam pesadas demais para seus ombros de menina.

— Por que você se surpreendeu com o nome do veneno, querida?

— Eu? Me surpreendi? Não me lembro...

— Acho que foi só impressão minha, não foi? Vai ver foi o nervosismo que... Como era mesmo o nome do veneno?

— O nome, professora? Não sei... cianureto, parece...

— É. Cianureto.

A professora Virgínia olhava brandamente para a aluna. Mas era um olhar ausente, como se não esperasse resposta.

— Você não sabe... É claro que não sabe. Pobre amiga morta! Eu já lhe disse que éramos muito amigas, não disse? Ela se preocupava tanto comigo... Imagine: tinha cismado que eu devia me aposentar. Queria que eu descansasse. Veja só... Ela trabalhava tanto, era tão dinâmica... E *eu* é que precisava descansar? Coitada da Albertina...

Dona Virgínia continuou a falar, como se a menina não existisse, repassando para si mesma aquela amizade que terminara de modo tão triste.

Isabel levantou-se e saiu silenciosamente da sala.

— É tudo tão trágico, Albertina...

# Da morte não sei o dia

Fernando tomou delicadamente a mão de Isabel, assim que ela abriu a porta de casa, e olhou-a firme nos olhos.

— Isabel, eu preciso falar com você.

— Fernando... Oi, entre...

Isabel afastou-se e o rapaz caminhou em direção à mesa coberta de livros e papéis.

— Você estava estudando?

— Não... eu...

— O que é isto? — perguntou Fernando levantando uma folha de fichário caída no chão.

— Nada... é...

HÁ O INSTANTE DA CHEGADA
E O MOMENTO DA PARTIDA.
QUANTA VIDA EU JÁ VIVI?
QUANTA RESTA A SER VIVIDA?

SÃO DOIS ESPELHOS QUEBRADOS
DOIS VEZES SETE DE MÁ SORTE.
JÁ VIVI QUATORZE ANOS,
QUANTO RESTA PARA A MORTE?

É FÁCIL VÊ-LA CHEGANDO
EM CADA INSTANTE QUE PASSE,
POIS SE COMEÇA A MORRER
NO MOMENTO EM QUE SE NASCE.

VOU CAMINHANDO PRA MORTE,
NÃO DECIDI MEU NASCER.
DA MORTE NÃO SEI O DIA,
MAS POSSO SABER!

— É... é do Augusto dos Anjos. Acabei de copiar...

— Do Augusto dos Anjos? Quando ele tinha "quatorze" anos?

Isabel suspirou e jogou-se na poltrona, abraçando as pernas e apoiando a testa nos joelhos.

— Está bem, Fernando. Se você quiser conversar sobre poesia, vamos conversar sobre poesia.

Fernando ajoelhou-se em frente à poltrona e, com as mãos, obrigou Isabel a erguer o rosto para ele.

— Olhe para mim, Isabel. Acho que seria bom conversarmos depois daquela loucura toda. Durante o interrogatório, eu senti que você tinha alguma coisa a dizer. Alguma coisa que a incomodava...

— É claro — sorriu a menina. — Um cadáver de cento e vinte quilos incomoda qualquer um.

— Não brinque, Isabel. Você manipula a todos, que eu sei. Mas comigo é diferente. Você não consegue me enganar.

— Eu não quero enganar ninguém.

— Só a você mesma, não é?

— Você veio aqui para brigar comigo, é?

— Eu só queria te ouvir. Passamos por isso juntos e talvez você precise me dizer alguma coisa.

— Mesmo que eu tivesse alguma coisa a dizer, de que adiantaria? A polícia já encerrou a investigação, não foi? Já concluíram por suicídio, não concluíram?

— E você? Chegou a alguma outra conclusão?

— Não importa se cheguei ou não, Fernando. O que importa é a conclusão da polícia. E eles já têm a deles.

— Talvez sim, talvez não, Isabel. Ouvi dizer que eles acharam muito estranho o fato de não haver nenhuma impressão digital no frasco de veneno. Só no envelope plástico.

— Como assim?

— É isso aí. Dona Albertina resolve suicidar-se. Calça luvas, vai ao laboratório às escondidas, pega o veneno, tira as luvas, coloca o veneno num envelope plástico, faz desaparecerem as luvas, fecha-se na diretoria e toma alguns miligramas de cianureto. Isso tudo parece lógico?

— Ela poderia não ter usado luvas. Poderia ter usado um lenço, que na certa está agora em alguma bolsa.

— Poderia sim. Mas, por quê?

— Por que o quê?

— Por que dona Albertina se preocuparia em não deixar impressões digitais no frasco de linamarina?

— Não sei, Fernando. Por que dona Albertina se mataria?

— Aí está outra pergunta sem resposta. Por que ela teria decidido suicidar-se?

— Sei lá... Um momento de loucura, o nervosismo causado pelo tal regime para emagrecer...

— Ora, Isabel, se gordura fosse motivo para suicídio...

— Eu me mataria, não é?

— Como?

— Ah, deixa pra lá!

— Que mania você tem de dizer que é gorda, Isabel! Você é bem mais magra que a Rosana, que...

— Deixa também a Rosana pra lá!

— Está certo.

Fernando esperou que uma pausa longa refizesse os dois daquela discussão. Depois perguntou bem baixo, como se acalmasse uma criança:

— Me diga, Isabel, por que você se lembrou do regime de dona Albertina? Afinal, que eu saiba, ninguém toma cianureto para emagrecer...

— Ou linamarina.

— Ou isso: linamarina. Por quê, hein, Isabel?

— Por causa do bombom.

— Do bombom? Que bombom?

— Não se lembra? Em cima da mesa dela havia um papel de bombom.

— Acho que não notei. Fiquei o tempo todo na entrada da sala, agarrado por aquele brutamontes do Brucutu.

— Pois eu notei. Coitada! Acho que ela fazia regime só na frente dos outros. À noite, fechava-se com seus bombonzinhos para repor todas as calorias perdidas...

— Coitada da dona Albertina...

— Coitada...

— Outra coisa: por que você se surpreendeu quando o professor de química falou o nome do veneno?

— Cianureto?

— Você sabe que não. Quando ele falou *linamarina*.

— Eu me surpreendi? Talvez... Achei estranho um veneno ter nome de mulher.

— Você já tinha ouvido falar antes em linamarina?

— Não.

— Eu acho que você sabe de alguma coisa, Isabel.

— Não sei de nada, Fernando. Não me pressione, por favor.

— Eu quero ajudar, Isabel. Fale comigo.

— É melhor sair, Fernando. Não tenho nada a dizer.

— Por favor...

— Me deixe em paz, Fernando...

Isabel, porém, não conseguiu ficar em paz. Por que um cadáver de cento e vinte quilos haveria de desabar sobre todos os seus problemas? Por que uma morte tão real, tão mastodôntica, a concretizar todas aquelas ideias sombrias que, cada vez mais, apareciam em seus poemas e ocupavam seus pensamentos?

E ela sabia de alguma coisa. Sabia mesmo? O que ela tinha visto? Alguém de avental branco, há quase um mês, mexendo no frasco de linamarina. E estaria mexendo mesmo? Não poderia ser qualquer outro frasco ao lado daquele? Quem acreditaria nela? A polícia? Como ficaria seu testemunho depois que confessasse estar escondida no laboratório, na penumbra, sem óculos e lavada em lágrimas?

E será mesmo que ela gostaria de se expor assim, a todo mundo, a Cristiano, a Rosana, a Fernando, à professora Olga, à professora Virgínia? Sem óculos, no escuro, chorando por um amor impossível para ela, mas que ela mesma ajudara a criar para outra garota?

Mas ela sabia de alguma coisa, sim. Seria justo calar-se? Adiantaria falar? Ah, se ela tivesse Cristiano... Se tivesse aquele peito forte sobre o qual se debruçar, procurando apoio, sentindo aquele cheiro bom, aquele calor a abrasar-lhe os lábios, o gosto salgado daquela pele penetrando-lhe o organismo, misturando-se ao seu sangue, fazendo dos dois um único ser... Mas ela estava só. Não tinha ninguém.

*Da morte não sei o dia, mas posso saber!*

# A sombra de

— Que coisa mais ridícula, Rosana!

— Falar em casamento? Ridículo por quê, Isabel? Ele quer e eu quero. É o que mais quero na vida. Se for preciso, eu invento até o que não aconteceu, só para os meus pais e os dele não mudarem de ideia. Eu quero Cristiano para mim. Inteirinho e para sempre!

— Mas vocês ainda são...

— Somos um homem e uma mulher, Isabel. Perdidamente apaixonados um pelo outro. Isso basta. E você tem tudo a ver com isso, minha amiga. Você ajudou nosso amor a crescer. Você será a nossa madrinha!

---

— Mandou me chamar, dona Virgínia?

— Entre, Isabel. Sente-se.

A menina aproximou-se da cadeira indicada. Mas permaneceu de pé.

# um pesadelo

— Não é nada importante, Isabel. Disseram que você anda meio preocupada, calada, desligada das aulas. O que está acontecendo, minha filha? Ainda impressionada com o suicídio de dona Albertina?

— Hein? Com o quê?

— Com o suicídio de dona Albertina.

Suicídio?

— Com o suicídio? É... acho que sim...

A vice-diretora aproximou-se de Isabel e, maternalmente, colocou as mãos sobre os ombros da aluna.

— Sei que foi duro para você, minha querida. Foi duro para todos nós, mas temos de reagir. A vida continua, e a sua está apenas no começo. Vamos tentar esquecer tudo isso.

Esquecer?

— Ah, dona Virgínia, não vai dar para esquecer enquanto...

— Enquanto o quê, Isabel?

— N-nada, professora...

A vice-diretora, que assumira o posto de dona Albertina, estava agora controlada, sem os choramingos histéricos daquela manhã. Mas adiantaria falar com ela? Contar-lhe tudo?

Estava claro que não.

---

— Mãe...

— O que foi, Isabel?

— Posso entrar, mãe?

A menina aproximou-se da cama da mãe e ajoelhou-se na beirada, como costumava fazer há muitos anos, quando havia mais um ocupante naquela cama.

— Mãe, eu preciso falar com você.

O quarto só estava iluminado pela luz fria da televisão. Recostada na cama, a mãe de Isabel estranhou um pouco a visita da filha.

— Está na hora da novela, Isabel. Você nunca me procura na hora da novela...

"Você é que não quer ser interrompida na hora da novela, mamãe...", pensou Isabel.

— Mãe... eu preciso de ajuda...

— De ajuda? Que espécie de ajuda quer agora? Você não é a "senhorita-sabe-tudo"?

— Eu não sei nada, mamãe...

— O que quer, então?

— Eu... Eu estou sofrendo, mamãe...

— O que você tem, minha filha? O que está sentindo? Vou telefonar para o médico e...

— Não, mamãe. Eu não estou doente. É... é outra coisa.

— Outra coisa? Mas que outra coisa, menina?

Isabel avançou pela cama de gatinhas, como se quisesse novamente ser um bebê em busca da proteção do colo quente da mãe. Enrodilhou-se, de cabeça baixa.

— Nem sei como contar. Mas eu preciso de ajuda...

— O que você andou fazendo, Isabel?

— Mãe... você amava papai?

— Se eu amava seu pai? Que conversa é essa, Isabel?

— O que você faria se o amasse e ele não amasse você? Como se sentiria?

— Ora, Isabel, isso não são conversas para uma menina da sua idade!

— Mamãe, me ouça: o que você faria se tivesse encontrado o único amor de sua vida e ele estivesse apaixonado pela sua melhor amiga?

— Deixe de besteira, Isabel! Você é muito criança para essas bobagens!

— Eu sou *mulher*, mamãe! Não sou mais criança. Preciso de ajuda!

— Você precisa é parar de ler essas bobagens que anda lendo. Esses livros andam enchendo a sua cabeça de ideias que não são para a sua idade.

— Por favor, mamãe...

— Já acabaram os comerciais, Isabel. A novela já vai começar. Vá para seu quarto agora e deixe de pensar em besteira.

— Por favor...

— E feche a porta. Minha cabeça está me matando!

Ela soltou mais uma baforada e disse, pausadamente:

— Essa menina anda estranha... Não sei...

— Vai ver, ela sabe de alguma coisa.

— Não creio. Ela teria dito para mim ou para a polícia. Talvez esteja imaginando alguma coisa. Ela é muito inteligente.

— Quer que eu fique de olho nela?

— Não sei... Talvez... mas discretamente. Veja com quem ela anda, com quem fala. Vai ver, não há nada com que nos preocupar. Eu só não gostaria que ela dissesse alguma besteira pelos corredores.

— Deixe comigo.

Brucutu fechou a porta silenciosamente.

Isabel não estava disposta a entrar em aula naquela manhã. Também não poderia ficar em casa, dividindo o espaço com a enxaqueca da mãe. Quando o sinal tocou chamando para a primeira aula, ela continuou a andar, sem rumo, pelos quarteirões que rodeavam a escola.

Era uma daquelas manhãs geladas de outono e as ruazinhas estavam desertas. A poucas quadras da escola, uma pracinha minúscula, sem bancos nem nada, sobrevivia à especulação imobiliária, exibindo apenas uma árvore. Mas era uma árvore antiga, grande, majestosa, com galhos pesados que pendiam sobre o chão, formando quase uma tenda verde-escura sob a qual Isabel se abrigou.

Debaixo da árvore, a grama não mais crescia, e a menina se sentou no chão batido, meio coberto de folhas caídas e papéis de sorvete.

Já não tinha lágrimas para chorar. Todo o estoque havia empapado o travesseiro naquela noite, enquanto a mãe assistia à novela. Depois, embalada por seu próprio pranto, Isabel adormecera.

Lembrava-se perfeitamente do sonho. Ela era a princesa de um reino distante, a mesma de seus sonhos de criança. Mas agora era uma moça, à beira do mesmo lago de águas cristalinas onde os sapos aguardavam, pacientes, que uma princesa como ela resolvesse beijá-los e transformá-los em príncipes. A água a atraía, e ela desabotoou o corpete de fios de ouro. Estava só, sob um multicolorido dossel de folhagens através do qual a brisa compunha uma sinfonia acompanhada pelo murmúrio suave das águas do lago. Despiu-se completamente e mirou-se refletida no espelho da água.

Seus cabelos soltos desciam pelos ombros, apontando para seios maduros, eretos, pedintes do carinho de uma mão masculina. Suas mãos desceram pelo corpo, contornando uma cintura estreita, um ventre reto, e percorrendo uma pele eriçada, excitada, quente. Acariciou as próprias coxas e demorou-se descobrindo-se mulher. Um calafrio gostoso percorreu-lhe a espinha, subindo até a nuca e espalhando-se pelo cérebro como se fosse o gostinho do chocolate que derrete mansamente na boca.

*Estava **pronta**. Pronta para o (tão) esperado príncipe encantado, que viesse, a tomasse, aspirasse seu perfume e a carregasse **nua** em seu cavalo branco.*

Uma gargalhada infernal arrancou-a de seu devaneio. Refletida junto ao seu corpinho indefeso, a imagem de um gigante ameaçador aproximava-se cuspindo baba e palavrões. Sentiu-se agarrada por braços peludos, e um hálito demoníaco de alho e enxofre a sufocou.

Aterrorizada, olhou para a carranca do agressor.

Era Brucutu.

Tentou gritar, tentou desvencilhar-se do abraço obsceno. Debateu-se, sentindo aquelas mãos imundas a apalpá-la, a desvendar cada canto do seu corpo, a apertar, a invadir, a profanar, enquanto a gargalhada se transformava num arfar ofegante.

Sufocada, quase desmaiando, viu quando uma mão de aço se abateu sobre o ombro do monstro e o arrancou de cima dela.

Era um cavaleiro altivo, de armadura de prata, pronto a defendê-la até a morte. Foi um combate de loucura. As espadas reluziam e entrebatiam-se soltando fagulhas. Gotas de sangue salpicavam-lhe a pele nua cada vez que um golpe chegava mais perto. Até que, com um volteio, a espada do cavaleiro fez um círculo de prata no ar, arrancando a cabeça de Brucutu, que rolou pela relva e foi desaparecer nas águas do lago.

O cavaleiro, vitorioso, cravou a espada na terra. Olhou para a princesa e, ainda com o elmo abaixado, ajoelhou-se no chão, oferecendo seus préstimos.

Quem seria ele? Pendendo sobre a armadura, uma correntinha balançava.

A correntinha!

Sem vergonha da própria nudez, Isabel atirou-se em seus braços.

De repente, todo o cavalheirismo do herói pareceu desvanecer-se. Ele aceitou o abraço, esmagando-a com o peso da armadura. Onde ela buscava carinho, foi dor que encontrou. Outra vez foi agarrada brutalmente, agora arranhada em ferros como se uma jaula se fechasse sobre ela.

— Não!

Desesperada, ergueu o visor do elmo. Era Brucutu novamente!

— Não! Socorro!

— Calma, Isabel! Eu estou aqui. O que houve?

Outros braços a enlaçavam. Desta vez sob a árvore da praça, aquecendo-a do frio da manhã. Ela havia sonhado tudo de novo, acordada, como se tivesse enlouquecido.

— Calma, meu amor... Me abrace. Está tudo bem...

— Oh, Fernando... você...

Soluçou baixinho, fungando como uma criança sobre aquele ombro amigo que a toda hora se fazia presente. Os dois deixaram passar todo o tempo de que Isabel precisava. E ela precisou de bastante tempo.

— Desculpe, Fernando. Eu ando nervosa, meio louca, falando sozinha, eu...

— Está bem. Você não está sozinha agora.

Era um bom amigo. Um amigo que Isabel até poderia ter aproveitado melhor se não o tivesse conhecido no pior momento de sua vida. Deixou-se abraçar e sentiu aquecer-se naquela manhã que soprava gelada por entre as ramagens da pracinha.

— Obrigada, Fernando. Foi bom você ter aparecido.

— É a primeira vez que você diz isso.

— Como me encontrou aqui?

— Por acaso. Estava passando...

— Estava passando, nada! Você me seguiu.

— É claro que sim!

— Ah, Fernando! Você não toma jeito...

— Está mais calma agora? Quer falar sobre o que a está perturbando tanto?

— Eu... nada... É que... a morte da dona Albertina...

De que adiantaria falar-lhe de Cristiano? De que adiantaria dizer-lhe de sua desesperança? Afinal, havia a morte da diretora, que os dois haviam testemunhado. Aquela morte os unia. Então era melhor tratar somente daquela morte. Fernando não tinha nada a ver com a outra. A outra morte, a morte-menina, que estava cada vez mais próxima.

— Você quer saber o que eu sei, Fernando, não é? É muito pouco, nem sei se adianta...

Fernando nada disse. Não insistiu. Se ela achava que devia falar, que falasse. Do modo e no tempo que quisesse.

— Pode não ser nada, Fernando. Mas, se for alguma coisa, isso quer dizer que dona Albertina não se suicidou. Ela foi assassinada.

Desviou os olhos do rapaz. O que tinha de falar agora era bem difícil, mas Fernando não precisava saber de todos os detalhes.

— Você já me falou de suas suspeitas, Fernando. Mas é que eu vi... Eu vi uma coisa que... Bem, no primeiro dia de aula, eu entrei no laboratório sozinha. Nem sei por quê, acho que curiosidade, só...

É claro que ela não falaria de Cristiano!

— O laboratório é escuro, com aquelas cortinas. Mas eu vi alguém entrar e pegar alguma coisa na prateleira. Eu me escondi e acho que esse alguém não me viu. Depois fui ver o frasco em que ele tinha mexido. Na hora, não desconfiei de nada, mas depois...

— O que estava escrito no frasco, Isabel?

— Estava escrito *linamarina*...

Fernando soltou um assobio:

— Quer dizer que alguém, às escondidas, pegou um pouco de veneno? Você viu quem era?

— Não. Eu... eu estava sem óculos. Eles estavam sujos e...

— Viu se era jovem ou velho? Se era homem ou mulher?

— Não... eu não tenho certeza.

— Era alto? Baixo?

— Só vi que *não* era gordo.

— Como?

— Não era obeso. Não podia ser dona Albertina.

— É muito pouco, Isabel. Para a polícia é muito pouco. Uma garota, sem óculos, escondida na escuridão do laboratório, vê alguém...

— Que não é gordo...

— ... que não é gordo, pegando um pouco de veneno. Ele pode ter mexido em outro frasco, não pode?

— Pode. Só que, se mexeu na linamarina, temos um indício.

— Muito pequeno. Quase nada, para a polícia.

— Mas, se for real, temos alguém, três semanas antes do crime...

Fernando sorriu, paciente, como se explicasse a tabuada a uma criança.

— Isabel, todas as semanas, todos os dias, antes e depois da morte de dona Albertina, tem sempre alguém mexendo nos frascos do laboratório. Isso não prova nada.

— Sei que não prova nada, Fernando. Sei que vários funcionários e professores estão autorizados a trabalhar com os produtos do laboratório. Mas alguém entrou lá e pegou um pouco de veneno para matar dona Albertina. E eu *vi* quando ele fez isso! Eu *sei* que ele fez isso!

— Ora, Isabel! Que mania a sua de sempre saber tudo! Se você falar disso à polícia, o máximo que eles vão pensar é que existe uma menininha querendo bancar a detetive.

Isabel calou-se por um instante, avaliando as palavras de Fernando. Sem olhar para o amigo, perguntou:

— E você, Fernando, o que pensa?

— Eu penso que você é a garota mais adorável que eu conheço. Não me importa se quer bancar a adulta ou a detetive. Para mim, você é uma criança assustada. Uma criança que eu quero proteger. Proteger e am...

Criança?! O sangue subiu ao rosto de Isabel. Ela se pôs de pé, furiosa, disposta a... Mas um outro rosto, uma carantonha sinistra, recortada em meio às sombras indefinidas da folhagem, calou o protesto que estava pronto a explodir em sua garganta.

— O quê?! Fernando, veja!

A folhagem mexeu-se.

Fernando levantou-se de um salto, volteou a árvore, mas só pôde ver o vulto de alguém que desaparecia na esquina oposta.

— Quem era, Fernando? Você viu? Alguém estava espionando a gente!

— Espionando? Chega de bancar a detetive, Isabel! Deve ser um moleque qualquer.

— Não parecia um moleque, Fernando. Que horror! Me abrace, por favor...

— Nem precisa pedir!

O rapaz enlaçou carinhosamente a menina e esperou que aquele coraçãozinho recuperasse os batimentos normais.

— Fernando, acho... Acho que estou tendo outro pesadelo: eu juraria que era Brucutu.

— Brucutu? Bobagem! Se fosse ele, já nos teria agarrado pelas orelhas. Nós estamos cabulando aula, esqueceu-se?

# A última carta

— Isabel! Aconteceu alguma coisa? O que faz aqui? Você nunca veio ao meu escritório...

— Papai, preciso falar com você.

— Mas agora? Estou no meio do...

— Papai, eu nunca pedi nada a você. Estou pedindo agora.

— Bom, mas no domingo que vem...

— Não posso esperar pelo domingo, papai. Preciso de você *já*.

— Certo. Mas é que...

— Não pode me arranjar cinco minutos, papai?

— Oh, é claro que posso! Venha, filhinha. O trabalho pode esperar. Vamos até a lanchonete. Quer um suco? Um guaraná?

Só o pai falou, até chegarem à lanchonete. Mandou vir o suco de laranja que Isabel concordou em aceitar e pediu um conhaque, desculpando-se com o frio daquele fim de manhã.

— E então, minha filhinha? Você não devia estar na escola a uma hora dessas?

— Saí mais cedo, papai. Precisava falar com você.

— Oh, você sabe que pode contar comigo. E então? O que está havendo com a garotinha do papai?

— A sua garotinha já cresceu, papai. Cresceu sem nunca ter conversado com você.

— É... Você sabe, eu e sua mãe...

— Mas agora eu preciso de você.

— Pois fale, meu amor. Sou todo seu, você sabe. Você sempre foi a queridinha do...

— Pare com esses diminutivos, papai. Por favor, me trate como gente. Me trate como um ser humano!

— Oh, oh, minha querida está mesmo brava hoje! Mas eu sei como resolver isso.

Com um grande gesto, retirou a carteira do bolso. Pinçou teatralmente algumas notas, dobrou-as, pegou a mão de Isabel, colocou o dinheiro sobre a palma e juntou-lhe os dedos, mantendo sua mão a apertar o punho cerrado da filha.

— Aí está. Eu entendo dessas coisas. Nada como uma tarde de compras para mudar o humor da minha garotinha. É um presente extra do papai. Procure uma loja elegante e compre alguma coisa bem bonita. Um vestido, ou um desses... desses blusões coloridos de que os jovens tanto gostam. Ah, eu lhe garanto que você vai se sentir melhor! Ah, ah, nada como uma boa compra para tirar essas bobagens da cabeça da queridinha do papai. Está vendo? Eu também sei tratar você como gente grande, hein? Satisfeita?

Isabel olhava **incrédula** para o pai, procurando penetrar-lhe os pensamentos, como se tudo aquilo fosse um jogo prestes a acabar. O pai haveria de rir-se da brincadeira e depois ofereceria o ombro amigo que a filha viera buscar.

Nada disso, porém, aconteceu. O pai levantou-se, beijou-a apressadamente e jogou sobre o balcão o dinheiro para pagar a despesa.

— Agora eu preciso ir, filhinha. Foi ótimo você ter aparecido, mas o trabalho... Você sabe, não é? Não vai tomar o suco?

— Não tenho vontade, papai.

— Então? Está mais aliviada, agora?

Isabel olhou o pai dentro dos olhos.

— Quer nota fiscal?

— Como? Não entendi...

— Nada não, papai. Adeus.

— Tchau, filhota. Gostei da surpresa. Apareça outras vezes. Mas não vá cabular aula, hein? Olhe os estudos!

---

— Mas como, Isabel? Você não vai almoçar?

— Estou sem fome, mamãe. Tomei lanche na escola.

— Desse jeito você vai desaparecer, vai ficar doente.

— Mamãe, hoje eu encontrei papai.

A mãe parou a colher de arroz entre o prato e a travessa.

— Seu pai? Mas hoje não é domingo!

— Foi um acaso, mamãe. Mas tome: ele lhe mandou isto.

E jogou as notas sobre a mesa.

— O que é isso?

— É dinheiro, mamãe. Ele disse que é um extra.

— Mas...

— Compre algo bonito com esse extra. Ele diz que faz bem. Você deve entender disso melhor do que eu.

Talvez, naquela tarde, a mãe melhorasse da enxaqueca.

---

— Boa noite, meu inimigo. Você sempre tem razão, não é?

A imagem rachada estava séria, rosto seco, sem uma lágrima.

— Aqui está. Está pronta a última carta de Rosana para Cristiano.

— Como sabe que é a última?

— Eu *digo* que é a última.

— E depois?

— Depois... não haverá depois. Você me mostra o caminho.

O inimigo abriu-se revelando o seu interior: vários vidrinhos, pílulas para enxaqueca, calmantes, estimulantes, comprimidos para o coração...

— Para o coração! Para o coração de Isabel, haverá algo?

Cuidadosamente, leu cada bula, cada recomendação, cada alerta sobre efeitos colaterais, sobre doses exageradas. Com decisão, escolheu um dos frascos e fechou o armário.

Lá estava de novo o inimigo. Olhando de frente, sorrindo com tristeza atrás da rachadura.

— A carta está pronta. Ouça. E não fale nada.

E O MEU AMADO O QUE DIRIA
SE EU PARTISSE?
O QUE DIRIA SE ESTES VERSOS
NÃO OUVISSE?

O QUE TERIA EM SUAS MÃOS
SENÃO UM CORPO DESSANGRADO,
CHEIO DE CARNE, DE SUSPIROS,
DE DELÍRIO APAIXONADO?

FALTARIA, PORÉM, O RECHEIO DAS IDEIAS,
A LOUCURA E A RAZÃO,
QUE TRANSFORMAM UM ENCONTRO SEM GRAÇA
EM TREMENDA PAIXÃO!

MAS NÃO TEMA O MEU QUERIDO
QUE ESSE AMOR DESAPAREÇA,
POIS ELE É AMADO AO MESMO TEMPO
POR UM CORPO E UMA CABEÇA.

O corpo ele pode beijar, cheirar,
fazer do corpo mulher.
Mas a cabeça o possui, manipula,
e faz dele o que quiser!

Haja o que houver, do meu amor
esse garoto foi o rei.
Digam a ele que com corpo e cabeça
eu sempre o amarei.

A marca desta lágrima testemunha
que eu o amei perdidamente.
Em suas mãos depositei a minha vida
e me entreguei completamente.

Assinei com minhas lágrimas
cada verso que lhe dei,
como se fossem confetes
de um carnaval que não brinquei.

Mas a cabeça apaixonada delirou,
foi farsante, vigarista, mascarada,
foi amante, entregando-lhe outra amada,
foi covarde que amando nunca amou!

A noite já caíra completamente quando Isabel voltou para casa. Enfiara a última carta por baixo da porta da casa de Cristiano.

Agora, ela estava pronta.

O frio do começo de noite era cortante, e a menina apertou-se dentro da malhinha leve demais, apressando o passo em meio às sombras da rua mal-iluminada.

Mas uma das sombras não cedeu ao seu passo. Destacou-se das outras e agarrou Isabel pelos braços.

— O quê?!

— Calada, menina. Não vai acontecer nada...

Gelada de surpresa e pavor, Isabel reconheceu o aperto, mesmo antes de erguer os olhos e deparar com aquela carranca assustadora:

— Brucutu!

E não era um sonho. E não viria um cavaleiro enlatado, de espada de prata, disposto a defender-lhe a honra. Aquela era apenas a realidade, da qual nunca se acorda.

— Quietinha... Isto é só um aviso...

A cara brutal abria-se num esgar que pretendia ser um sorriso, enquanto as mãos enormes cravavam os dedos nos bracinhos de Isabel, no limite de quebrá-los como se quebra um graveto.

— Um aviso, mocinha: tem gente que acha que viu coisas. Mas, vai ver, não viu nada, só quer causar confusão. E essa confusão pode prejudicar pessoas. Não é isso que você quer, é? Claro que não quer... Senão, o causador da confusão pode ficar muito mais prejudicado ainda, sabe? Pode até deixar de ver qualquer coisa... para sempre! Juízo... estou só avisando... Juízo! Senão...

Um carro entrou na rua cantando os pneus e jogou a luz dos faróis sobre os dois. Isabel sentiu-se empurrada e bateu contra um muro, enquanto o agressor se encolhia. Em um instante, estava novamente sozinha.

---

Andou calmamente para casa. Não estava apavorada, mas o ataque de Brucutu tinha significado muito mais que uma ameaça de morte. Significava que ela era *realmente* uma testemunha importante. Alguém que podia desmascarar o assassino da diretora. Alguém que sabia demais. Alguém que tinha de morrer.

A mãe não estava em casa. Era a noite de jogar buraco com as amigas. Ultimamente ela se enfeitava tanto para aquelas noites que, se Isabel não estivesse tão ocupada com o que estava acontecendo, pensaria que naquele jogo havia só um parceiro.

— Fernando também corre perigo. Precisa ser avisado.

O telefone tocou muitas vezes, mas Fernando não estava em casa. Tentou a livraria. Nada! Deixou recado.

— E agora? Adianta ligar para a polícia? Com quem eu falo? Vão dizer que estou louca...

Olhou para a janela fechada. Por um momento, pensou perceber o vulto enorme de Brucutu do outro lado dos batentes, pronto a estraçalhar a murros a veneziana.

— Pode vir, Brucutu. Eu não vou ter juízo.

Nem pensou em tentar localizar a mãe, muito menos o pai. Quem, então? Quem acreditaria nela? Quem daria importância às fantasias malucas da menina sonhadora, metida a poeta?

— A professora Olga, é isso!

A professora de filosofia, a melhor amiga dos alunos. Ela ouviria Isabel. Sempre a ouvia, mesmo quando a menina discordava dela e de sua tese sobre educação subliminar, sobre educação forçada. Isabel achava até que Olga produzira aquela tese para *denunciar* a possibilidade de a educação tornar-se impingida aos jovens como um purgante. Olga acreditava na liberdade, acreditava na capacidade de criação. Acreditava em Isabel. Acreditaria novamente.

Isabel procurou na lista telefônica. Foi fácil encontrar o número da professora.

— Alô.

— Olga? Sou eu, Isabel. Sua aluna. Lembra?

— Isabel? Claro que sim. A minha contestadora predileta e a minha companheira na descoberta de cadáveres. Oi, querida. Queria falar comigo?

— Eu preciso falar com alguém, Olga. E tem de ser com você.

— Bom, se é sobre a prova da próxima semana...

— Não é prova nenhuma, Olga. É sobre o assassinato da dona Albertina.

— Assassinato? Você disse assassinato?

— É isso mesmo. Desde o primeiro momento eu não acreditei que aquilo fosse suicídio. Só que eu não ia falar nada. Mas o Brucutu...

— O Brucutu? Quem é esse?

— É assim que nós chamamos o bedel-chefe.

— Ah, um nome que combina com a pessoa! Mas o que tem o Brucutu?

— Ele me atacou, Olga, há alguns minutos. Me ameaçou...

— Ameaçou? Mas por quê?

— Eu acho que sei de alguma coisa, Olga. Eu acho que sou uma testemunha.

— Todos nós somos, Isabel. Eu, você, o Brucutu e o Fernando. Nós entramos juntos na diretoria, lembra?

— Não é só isso. Eu acho que testemunhei outra coisa...

— Fique calma, minha querida. Assim, por telefone, não dá para conversar. Onde você está?

— Estou em casa, sozinha. Minha mãe saiu.

— Onde você mora? Pego o carro e chego aí num instante!

# Eu nunca

Brucutu poderia muito bem ter voltado. Poderia muito bem estar agora em volta da casa, pronto para cumprir as ameaças.

— Ele disse juízo... Ah, juízo!

— Juízo! — repetiu o inimigo rachado, mais cruel que de costume. — Ah, o juízo de Isabel! Ah, a paixão de Isabel! Ah, o amor de Isabel! Juízo...

— Esse juízo eu já perdi junto com o amor que nunca terei...

— Você perdeu foi a vontade de lutar. De lutar por aquilo que você quer.

— Ah, Cristiano, Cristiano... Será que tudo o que tenho feito não foi lutar por ele?

# te amei...

— Você luta pela vitória de outro exército: o exército de Rosana.

— É o único que tem chance. O meu não pode ganhar nenhuma batalha...

— O que os outros têm que o seu não tem?

— Rosana é linda! E eu sou feia!

— Ninguém, nunca, lhe disse isso.

— E que eu sou linda? Alguém disse?

— Fernando diz isso, o tempo todo. *Mostra* isso, o tempo todo.

— Mas Cristiano...

— Cristiano disse que você é linda, na noite da festa.

— Aquela noite... Ah, se aquela noite nunca tivesse acontecido! Ah, se eu nunca tivesse conhecido aquele anjo! Ah, se aquela correntinha nunca tivesse roçado o meu rosto! Ah, se a sombra da noite não tivesse disfarçado a feiura da bêbada gorducha caída na grama do jardim! Ah, se eu pudesse esquecer aquele beijo! Ah, se eu não fosse tão feia!

— Ninguém, nunca, lhe disse isso também.

— *Eu* digo! *Você* diz!

— Ninguém diz nada para você. Não adianta, você nunca escuta.

— Eu vejo, eu sinto, eu amo!

— Sim, mas o que você *faz* consigo mesma?

— O que eu tenho de fazer, eu *vou* fazer. Esta noite.

*Da morte não sei o dia, mas posso saber!*

Aos poucos, frase a frase, Isabel estava transtornada, como se tivesse discutido por horas com a mais teimosa das criaturas.

— E você... você será minha testemunha.

— Eu sempre sou sua testemunha.

— Primeiro tenho de testemunhar outra morte. A primeira morte real que chegou perto de mim. A morte feia. A morte grotesca. O assassinato covarde de uma mulher que sabia rir. Acho que devo isso a ela. Alguém a empurrou para a morte. Ela não escolheu.

— E você?

— Ninguém escolhe por mim.

— Brucutu pode escolher...

Brucutu! Isabel imaginou aquelas mãos enormes agarrando, apertando, estraçalhando. Lembrou-se do sonho, do pesadelo, da dor, da nudez, da espada ensanguentada, da brutalidade. Que outro método usaria Brucutu para matar? Linamarina? Um fino pó branco colocado em um envelope plástico? Não. Sem sangue, sem carnes diceradas nem ossos esmigalhados não seria uma ação de Brucutu.

— Ninguém escolhe o meu caminho. Ninguém escolhe a minha hora. Aqui está a minha escolha!

Na palma da mão esquerda, o pequeno frasco de comprimidos.

— Isabel...

— Chega de você! Adeus!

Na mão direita, a escova de cabelo começou a trabalhar. A demolir. Metodicamente, Isabel golpeou o inimigo uma, duas, dez vezes.

— Adeus! Vamos embora. Vamos juntos.

— Isabel! Abra!

A campainha tocou com insistência. Depois, batidas frenéticas à porta da frente despertaram parte da consciência de Isabel.

— Já vou, Brucutu. Já estou indo!

— Sou eu, Isabel. Abra! Eu trouxe a polícia!

Espalhadas pela pia e pelo chão de ladrilhos, centenas de imagens de Isabel. O inimigo se multiplicara ao infinito.

---

Foi uma Isabel diferente que abriu a porta. Uma mulher. Por fora, calma, adulta, controlada.

Ao ver quem estava à porta, Isabel hesitou. Não esperava aquela professora. O que viera ela fazer ali? E quem estava com ela? O mesmo investigador nervoso que cuidara do interrogatório no colégio? Como era mesmo o nome dele?

A professora avançou para Isabel e abraçou a menina com o carinho de uma irmã mais velha.

— Trouxe a polícia comigo, Isabel. Podemos entrar?

Isabel apontou o sofá da sala para os dois, como uma perfeita dona de casa que estivesse recebendo convidados para o chá.

O investigador começou, sem perder tempo:

— Algumas perguntas eu deixei de fazer daquela vez, na diretoria, Isabel. E eu sei que também houve muitas respostas que você deixou de dar. Você é menor de idade e eu não posso chamá-la oficialmente para depor, se você não quiser. Mas, agora, que tal colocarmos essas perguntas e essas respostas em dia?

Isabel hesitou novamente. Mas, depois do ataque de Brucutu, ela estava convencida de que precisava falar tudo o que sabia. O medo do que Brucutu pudesse fazer não contava. Apesar do que já tinha decidido fazer consigo mesma, ela devia isso à memória alegre da diretora. Ela *devia* falar. E ninguém melhor para ouvir do que a polícia.

A professora tirou um pacote de bombons da bolsa.

— Alguém quer um bombom?

— Obrigado.

— Não, obrigada.

— Eu é que estou nervosa por você, Isabel. Estou deixando de fumar e comendo doces para distrair a vontade. Um pouco de açúcar é o melhor relaxante que existe. Assim, eu me livro do câncer nos pulmões e estouro de engordar!

Ninguém achou graça. Ela deixou o saco de bombons na mesinha, em frente ao sofá, e ficou mordiscando um deles.

Conscientemente, claramente, como se cumprisse uma missão, Isabel começou a falar. Deixou de lado o triste diálogo com Cristiano, mas descreveu a visita ao laboratório naquela primeira manhã de aulas. Contou da penumbra, da falta de óculos, do vulto de avental, do frasco de linamarina, até das lágrimas.

— Você estava chorando? Por quê?

— Nada, é que... eu tinha tirado um zero em redação...

— Você?! — estranhou a professora, que a conhecia muito bem. — *Você* tirar um zero em redação?

Em seguida, Isabel falou da conversa com Fernando na pracinha e da suspeita de que Brucutu os estivesse ouvindo às escondidas. Depois contou do ataque na rua. Da ameaça de morte de Brucutu.

— Então tudo se ajusta — comentou a professora, lambendo a pontinha do dedo suja de chocolate. — Brucutu é o culpado. Foi ele quem você viu no laboratório.

Isabel sacudiu firmemente a cabeça.

— Não, não podia ser ele. Mesmo sem óculos, eu reconheceria facilmente aquela figura enorme. Não era ele. Era alguém muito menor.

— Coitadinha... Você passou por uma boa, não foi?

— Você fez muito mal em não me contar tudo o que sabia na primeira vez, Isabel — censurou o investigador.

— O senhor acha que eu poderia falar tudo ali, na frente de todos, até do Brucutu?

— Está bem. Talvez você tenha feito bem em não falar na frente do Brucutu. Mas você poderia ter me procurado depois. Não é por você ser menor de idade que eu não lhe daria atenção. Às vezes, um pequeno detalhe é a última peça que falta para fechar o quebra-cabeça.

— Estou falando agora. Disse tudo o que tinha a dizer.

— De qualquer modo, a ameaça de Brucutu contra você é suficiente para envolvê-lo no caso até o pescoço.

O investigador perguntou o verdadeiro nome de Brucutu para a professora, pegou o telefone e ligou para a delegacia. Do outro lado da linha, alguém recebeu a ordem para que se iniciasse uma caçada a Brucutu.

— Suspeito de homicídio... Um elemento potencialmente violento...

Desligou o telefone e voltou-se para Isabel.

— O vulto que você viu estava de avental branco, não estava?

— Estava.

— Isso aponta para algum professor — raciocinou o investigador.

— Pode ser.

— Você poderia me ajudar mais, Isabel. Vamos tentar um jogo. Pense em todos os professores da escola. Um por um...

— Um por um?

— Sei que você estava nervosa, naquela manhã. Sei que viu pouco, por causa do escuro, das lágrimas e por estar sem óculos. Mas o pouco que viu pode encaixar-se ou não no porte físico dos professores que você conhece muito bem. Se você se concentrar, poderá eliminar muitos, como fez com dona Albertina e com Brucutu, por serem, ambos, grandes demais. Assim, eu poderia ter uma lista menor de suspeitos a investigar.

Isabel não respondeu. Já tinha dito tudo. Da morte da diretora já tinha cuidado, o resto era com a polícia.

A professora levantou-se bruscamente.

— Ah, não! Chega de atormentar a pobrezinha. Ela já passou por muitos apertos hoje. Agora precisa descansar. É hora de irmos embora. Deixemos as tais comparações e eliminações para amanhã. Trate de dormir, minha querida. Amanhã, tudo parecerá mais cor-de-rosa.

O investigador concordou.

— Está bem. Descanse sossegada, Isabel. Vou deixar um policial aqui em frente, na rua, a noite toda. Você estará perfeitamente segura.

Isabel fechou a porta atrás dos dois.

Agora, estava sozinha, com seu último dever cumprido.

Ligou o som e estendeu-se no sofá, embalada por uma canção suave, que falava em desalento, em solidão, em amores perdidos.

Sobre a mesinha, o pacote havia sido esquecido, com um último, solitário bombom dentro dele.

Isabel ainda não tinha jantado. Aliás, nem tinha almoçado naquele dia.

*Pegou o bombom.*

O telefone precisou tocar três vezes para arrancar Isabel do agradável torpor que aos poucos tomava conta de todo o seu corpo.

— Alô...

— Isabel?

— Cristiano... É você...

— Eu preciso de você, prima.

— Eu também preciso muito de você, Cristiano...

— Priminha, ouça: Rosana deixou uma carta aqui em casa que... Sei lá! Nem sei como explicar. Quando eu me encontrar com ela amanhã, nem sei o que falar...

— Você não gostou do poema?

— Não é isso. É que... Ei, como você sabe que é um poema?

— É fácil adivinhar, Cristiano. Rosana sempre manda poemas para você, não é?

— Só que desta vez... é um poema estranho...

— Estranho...

— Eu queria que você me explicasse o que Rosana quis dizer com isso. Eu não estou entendendo nada!

— Ah, Cristiano...

— Eu vou ler para você, prima. Quem sabe, até amanhã, você me prepara uma resposta?

— Até amanhã...

— Ouça, Isabel.

Cristiano começou a ler o poema, pausadamente, com a voz insegura. Do outro lado, estendida no sofá, Isabel acompanhava cada sílaba, cada verso, de olhos fechados, sem um som, mas pronunciando tudo para dentro de si mesma.

— ... a cabeça o possui, manipula, e faz dele o que quer!

— Bonito, Cristiano...

— ... haja o que houver, do meu amor esse garoto foi o rei... O que ela quis dizer com "foi o rei"?

— Continue, continue...

— ... a marca desta lágrima testemunha que eu o amei perdidamente.

— ... perdidamente...

— ... assinei com minhas lágrimas...

— ... com *minhas* lágrimas...

— ... mas a cabeça apaixonada delirou...

Embalada pela voz do amado, Isabel agarrou seus próprios versos e declamou, esquecendo-se dos segredos e das promessas:

— ... foi farsante, vigarista, mascarada, foi amante, entregando-lhe outra amada, foi covarde que amando nunca amou!

Durante um segundo de surpresa, Cristiano emudeceu do outro lado. E foi quase com um grito que a compreensão de todos aqueles enganos veio à tona:

— Como? Como você conhece este poema? Acabei de encontrar debaixo da porta!

Apesar da tontura, Isabel percebeu o que fizera. Desorientada, tentou consertar o erro...

— Eu... eu não conheço...

— Você sabe de cor o poema! Você...

— Não, não é isso, Cristiano... Rosana me mostrou. Ela...

— Você *sabe*!

— Não, Cristiano, eu não sei de nada...

— Essa voz... Aquela tarde, ao telefone... Isabel! Era *você*!

— Não, não, Cristiano, não era eu...

— As cartas, os poemas, o tempo todo! Era *você*, Isabel!

— Não, não...

— Como fui ingênuo! Pedi a você que respondesse suas próprias cartas! Todo aquele amor, toda aquela paixão, era *você*!

— Não era eu, não era eu... Era Rosana...

— O tempo todo era você! O tempo todo eu a amei através das cartas, pensando que eram de Rosana!

— Eram de Rosana... de Rosana...

— O tempo todo você me amou, Isabel! Esse tempo todo!

— Não, não...

— Você me amou, Isabel!

— *Não, meu grande amor, eu nunca te amei!*

— Isabel, minha querida! Eu sempre te amei pelas tuas cartas, pelos teus poemas. Era você, Isabel! *É* você, meu amor!

*As palavras de Cristiano ressoavam longínquas dentro da cabeça de Isabel, que mergulhava cada vez mais num **torpor** de <u>ausência</u>, mas agora leve, gostoso, cheio de todas as palavras que ela tanto ansiara ouvir.*

— Cristiano...

— Isabel!

— Tarde demais... Tudo tão lindo... mas tarde demais...

— Isabel! Eu não consigo ouvi-la direito!

— Estou tão tonta, Cristiano... sono... amor... tão tonta... tão lindo... tão tarde... eu...

— Isabel! Isabel! Fale comigo! Isabel! Responda!

Do outro lado da linha, só o silêncio.

— Isabel! Não me deixe! Isabel! Vou correndo para aí! Me espere! Meu amor, espere por mim!

# Não há salvação

Lentamente, o fone tornou-se pesado demais para os dedos de Isabel, que se abriram, deixando rolar pelo tapete a voz desesperada de Cristiano.

O torpor inebriante tomou conta de todo o seu corpo. Mas a mente permaneceu lúcida. Encerrada dentro de si mesma pelos olhos que nada mais percebiam do exterior, navegando docemente através das palavras maravilhosas que nunca esperara ouvir dos lábios de Cristiano, Isabel repassou todos os acontecimentos daqueles dias de loucura.

"Tarde demais... Cristiano, meu amor... Você está vindo para cá... tarde demais. Eu esperei tanto... Tudo tão lindo e tão tarde... Cristiano, meus braços estiveram à sua espera todo esse tempo, e agora não são mais capazes de abraçá-lo... Tarde demais..."

Como se viessem do outro lado do planeta, batidas violentas na porta penetraram os ouvidos de Isabel.

"Tarde demais... Cristiano... Como você vai me encontrar? Como a Bela Adormecida? Cem anos à espera do beijo do príncipe? Você beijaria o meu cadáver daqui a cem anos, Cristiano? De que jeito você vai me encontrar? Como dona Albertina? Feia, grotesca, obesa, esbugalhada, arregaçada, com um envelope cheio de veneno ao lado? Ou como a Branca de Neve, numa urna de cristal, envenenada pela maçã?"

Ela teria deixado a porta destrancada? Ou algum invasor a arrombara? Sentia alguém a seu lado, alguém que a tocava, falava com ela. Cristiano, talvez! Lábios quentes colaram-se delicadamente aos seus, como a soprar-lhe a vida que fugia, e uma carícia leve, metálica, arrastou-se por seu pescoço. A correntinha! Cristiano... O primeiro e o último beijo, sempre com Isabel caída, largada como um fardo, sobre a grama ou sobre o sofá... como um cadáver...

— Cristiano... Tarde demais... meu príncipe! Tarde demais... A maçã da bruxa estava envenenada... Maçã envenenada... Linamarina na maçã... Linamarina no bombom... Bombom envenenado... É isso! Por que não pensei nisso antes? O veneno estava no bombom! No bombom! *Não havia* nenhum envelope plástico ao lado da mão da diretora quando encontrei o cadáver. *Não havia*, eu me lembro! Eu vi aquela mão gorda, foi a primeira coisa que vi. Não havia envelope nenhum! Mas havia *um papel de bombom*, em cima da mesa... Depois o papel do bombom desapareceu e surgiu um envelope com veneno ao lado do corpo. Quem pôs o envelope? Quem tirou o papel de bombom? Brucutu! Não! Brucutu não. Fernando mesmo disse que Brucutu ficou agarrado no braço dele, na entrada da sala, o tempo todo. Brucutu só nos arrastou para a diretoria para que houvesse duas testemunhas inocentes, insuspeitas, na hora da descoberta do cadáver. É claro! Por que ele estava com a chave mestra? Coincidência? Ele era apenas o cúmplice, encarregado dos trabalhos de apoio. Então... o ator principal era... era a professora Olga! Olga! Ah, por que eu não *vi* isso antes? Estava tudo na minha frente. Não vi porque não cabia mais nada na minha cabeça, além dele. *Dele*! De *você*, meu amor! Você está aí? Está me ouvindo? Ai, eu não consigo falar! Mas alguém tem de me ouvir. Era Olga. No laboratório, a figura de avental. Era Olga! Meu amor, tente me ouvir, eu não tenho forças para falar... Tarde demais... Educação por indução subliminar... Educação forçada! Usar os próprios anseios de alguém para levá-lo a fazer até o que não quer. É isso. O bombom envenenado! Foi só deixar um bombom envenenado em cima da mesa onde dona Albertina passaria a noite trabalhando. Fechada naquela sala, sozinha, com sua necessidade de emagrecer, com uma fome que aumentava a cada minuto, e com um bombom... Qual dos dois lados de sua vontade venceria? A decisão de emagrecer? Ou a gula de toda a sua vida? A professora Olga... Olga sabia qual o lado vencedor. O crime perfeito! O crime a portas fechadas! Depois, foi só sumir com o papel de bombom e deixar cair o envelope com veneno ao lado do corpo. Tudo perfeito! Na minha frente! Alguém! Alguém procure me entender! Eu sei! Foi Olga!

Como em um disco fora de rotação, Isabel conseguia distinguir vozes e movimentos agitados a sua volta, mãos que a seguravam, agulhas que a espetavam...

— Tragam a maca!

— Segurem com cuidado...

— É melhor apertar a correia...

— Salvem essa menina, por favor! Ela é tudo para mim!

— Foi Olga! Estão ouvindo? Ai, eu não consigo falar... Foi Olga! O bombom envenenado, a linamarina, foi Olga! Foi...

O entorpecimento tomara conta de todo o seu corpo, e as peças daquele quebra-cabeça imenso espalhavam-se desordenadamente por entre as células de seu cérebro. Apesar da tontura, tudo agora parecia fazer sentido, parecia encaixar-se. Mas, subitamente, a forma de montar o quebra-cabeça mudou, e uma nova consciência, terrível, macabra, surgiu como um pesadelo que antecede a morte:

— Não! Não é nada disso! Não! Não *foi* nada disso! O bombom envenenado com cianureto! Com linamarina! Não é um só! São dois! Me ouçam... eu...

*A fraqueza não deixava mais forças nem para pensar, nem para pronunciar o nome que explodia em seus lábios, ansiando por ser dito, ansiando por revelar-se e desvendar toda a verdade daquele caso* SINISTRO.

Sentiu-se sacudir, carregada. Quase nada mais percebia do exterior. Um toldo negro cada vez mais a envolvia como uma mortalha. Bem perto dela, alguém falava nervoso e baixinho, mas as palavras perdiam-se no precipício da inconsciência que chegava.

— ... não sei... Intoxicação... Envenenamento... Se foi cianureto... não há salvação...

A mente de Isabel desligou-se do mundo.

— Calma, rapaz, estamos fazendo o possível...
— Faça o impossível, doutor! Salve Isabel!

— Me disseram que essa menina é um gênio...

— Não me importa o gênio, doutor. Eu quero essa menina! Eu quero Isabel viva!

---

— Sou professora da garota, doutor. Qual o diagnóstico?

— Ainda não sabemos qual a substância tóxica que ela tomou...

— E qual o prognóstico? Ela viverá?

— Confie em nós, professora Olga...

---

— Doutor, esse rapaz se recusa a sair do hospital. Disse que vai ficar aqui a noite toda, na sala de espera, acordado...

— Deixe-o ficar, enfermeira. Deixe-o ficar...

— Mas o regulamento...

— Então faça de conta que não viu. Eu também já fui jovem, enfermeira. Eu também já me apaixonei, como esse rapaz. Sei o que ele está sentindo...

---

"Eu estou no laboratório? Está escuro, como no laboratório... Estou sem óculos... como no laboratório... Cristiano virá? Vai dizer que ama Rosana? Não! Ele disse que ama a mim! Isabel! Eu não quero morrer, não me deixem morrer... Agora não! Cristiano, me ajude! Você disse que me ama, disse que ama o que eu escrevi... Então venha me buscar... Me tire do laboratório, me tire do escuro... Eu já morri, Cristiano? Já estou na urna de cristal? Onde está o meu beijo, meu príncipe? O beijo da grama, o beijo do sofá, o beijo da vida... Me devolva a vida, meu amor, para que eu possa dá-la de volta, inteirinha, para você..."

---

O horário de visitas no hospital já havia terminado, mas a mulher conseguiu esgueirar-se sem ser percebida e entrou na sala dos médicos.

Havia apenas um deles, dormindo como um santo e roncando como um porco, "perfeitamente" preparado para o plantão da noite.

A mulher apanhou um avental de médico, vestiu-o, retirou cuidadosamente o estetoscópio pendurado no médico adormecido, colocou-o no próprio pescoço e saiu sem um ruído.

---

"Está frio... Eu estou no laboratório? Cristiano não virá... Não vou chorar... Não posso chorar... O vulto de branco vem aí... Vai mexer na linamarina... Quer me dar o bombom envenenado... Eu preciso saber quem é... Preciso enxergar através das lágrimas... A lágrima pingou sobre a carta para Cristiano... Marcou a carta... Cristiano vai descobrir que sou eu... Não, Cristiano, não diga que ama Rosana... Não me faça chorar, senão eu não vou reconhecer o vulto de branco... Está frio no laboratório... A aranha está com frio... Onde está a aranha? Onde está a cobra? Estão presas! Na urna de cristal! Junto com o cadáver de Isabel! Estão mortas, com Isabel! Socorro, Cristiano..."

— Onde está a ficha da paciente do 412?

— Está aqui, doutora...

— Quero ver.

A encarregada do andar entregou a prancheta à mulher. Estava tudo anotado. A substância tóxica já havia sido descoberta. Ela leu o que precisava e jogou a prancheta sobre o balcão.

Pegou o elevador até o subsolo, onde ficava a farmácia do hospital.

— Boa noite, doutora... — cumprimentou o sonolento atendente.

A mulher perguntou sobre um medicamento, um nome inventado na hora, algo bem complicado.

— Hum... não sei, doutora. Posso verificar na lista.

— Pois verifique.

— Deixe ver... Não, não temos esse medicamento em estoque, doutora.

— Veja na administração se há algum pedido de compra. Preciso do medicamento até amanhã.

— Um instante, doutora. Vou telefonar para a administração. Talvez o plantonista da noite possa informar alguma coisa.

Enquanto o atendente discava, a mulher, às suas costas, percorreu as prateleiras. Foi fácil encontrar o que precisava. Quando o homem desligou, ela já pusera um pequeno frasco e uma seringa de injeção no bolso do avental.

— Desculpe, doutora, mas não há pedido de compra para esse medicamento.

— Droga de hospital! Está bem, eu me viro de outro jeito. Obrigada, assim mesmo.

— Às ordens, doutora.

---

"Cristiano me ama... Me ama! Não quero morrer... Não quero morrer... Não sou dona Albertina... Tenho só quatorze anos... Não sou obesa... *Tanto* assim eu não sou... Você me acha gorda, Cristiano? Você me acha feia? Esse frio... Meus pés estão frios... Estou na beira do lago? Do lago do sonho? Estou nua? Estou nua... O gigante! Estou vendo! O gigante voltou! Eu não tive juízo... Ele voltou para se vingar! Estou vendo! É Brucutu! Eu sei! Eu sei! Agora sei de tudo o que aconteceu! Me escutem! Cristiano, me escute! As impressões digitais! Quem teve a chance de colocar o envelope de veneno com as impressões digitais de dona Albertina perto da mão do cadáver? Quem poderia ter feito desaparecer o papel de bombom? Meu Deus! O bombom envenenado! Não é um só. São dois! O bombom! O bombom deixado sobre a mesinha... Um bombom só, preparado para *eu* comer! Preparado com linamarina! Um bombom para a menina gorda, que não havia almoçado nem jantado... Ela disse que comia bombons porque estava deixando de fumar...

*Comeu os bombons normais e deixou um só no saquinho. Envenenado! Com linamarina! Com cianureto!"*

---

Na porta do quarto 412 havia uma pequena tabuleta onde estava escrito "VISITAS PROIBIDAS POR ORDEM MÉDICA". Mas àquela hora da noite não havia ninguém de plantão pelos corredores para fazer cumprir as ordens das tabuletas. Mesmo que houvesse, ninguém impediria uma médica de entrar no quarto de qualquer paciente. Assim, a mulher de avental branco deslizou sem problemas pelo corredor e abriu a porta silenciosamente.

---

"Brucutu? Não, não é Brucutu... Onde estou? Aqui não é o laboratório da escola... Onde está a aranha? Onde está a cobra? Onde está o vulto de branco? O vulto de branco! Você!"

— Boa noite, Isabel. Como é? Está melhorzinha?

Apesar da escuridão quase total, Isabel reconheceu o vulto da professora, recortado contra o teto do quarto.

— Oh, vejo que você ainda está fraca! Mas isso vai passar. Sabe? Eu fiquei preocupada com a história do bombom. É, você me deixou preocupada. Ninguém sobrevive à linamarina. Ninguém sobrevive ao cianureto. Mas você não comeu o bombom, não é? É pena... Você poderia ter evitado tanta preocupação, tanto sofrimento...

Isabel tentou gritar, mas a língua se enrolou, os músculos não responderam. Tudo ouvia, porém. E enxergava o suficiente para aumentar o próprio terror.

— Você tem de admitir que foi uma grande ideia, não foi? Hein? Levar a polícia junto, na hora de cometer um crime! Hein? Oferecer o bombom envenenado nas barbas da polícia! Um lance de gênio, você tem de admitir. Mas você não comeu o bombom...

Naquele momento, quando Isabel havia recuperado todas as razões para viver, naquele momento em que ela havia finalmente conquistado o amor de Cristiano, a morte estava ali, de avental branco, falando suavemente, com ternura até.

— Você não comeu o bombom. E confundiu a todos, a mim e aos médicos, porque tomou alguma outra coisa. Que falta de juízo! Sabe que foi difícil tratá-la até se saber com certeza o que você tinha tomado? Por que você tomou o calmante da mamãe? Você queria morrer? Por quê, queridinha? Se queria morrer, devia ter comido o meu bombom. Eu o preparei com tanto carinho... Ou devia ter tomado mais do remédio da mamãe. Pelo jeito, você tomou tão pouco... Só serviu mesmo para deixá-la tontinha assim. E para deixar todos nós preocupados. Menina má!

Isabel tentava conseguir forças para alguma reação. Se conseguisse gritar, um grito só, no silêncio noturno daquele hospital, alguém viria socorrê-la. Mas todo o seu corpo permanecia paralisado, como um quase morto, capaz apenas de ouvir... e de sentir medo.

— Você está me ouvindo, queridinha? É claro que está! Eu vejo pelo seu olhar que você está me ouvindo. Está com medo? Medo de quem? De Brucutu? Não precisa mais ter medo do Brucutu. Ele está morto. Meu ajudante, meu único amigo naquela escola, e você me obrigou a matá-lo. É... foi você, sabia? Pobre Brucutu! Foi ouvir seus mexericos com

Fernando e me procurou, todo alvoroçado. Eu o aconselhei a ficar quieto, mas o pobrezinho resolveu ameaçar você. Aí, quando você falou da ameaça para mim e para o investigador, me forçou a matá-lo. Ele facilmente acabaria preso e iria complicar ainda mais as coisas. Brucutu raciocinava pouco, mas sabia demais. Foi uma pena, uma pena mesmo...

Calmamente, a professora rasgou a embalagem da seringa de injeção. Espetou a agulha na borrachinha do frasco e fez a seringa aspirar o líquido.

— Os médicos já descobriram que tipo de calmante você tomou. Você está recebendo o tratamento certo. Que ótimo, não? Eu também acabei de saber o que você tomou. Foi *isto* aqui. Agora, tudo de que você precisa é a dose certa. Eu poderia injetar o remedinho nesse tubo que está levando soro aí, para as suas veias. Mas esse é um risco que você não quer que eu corra, não é? Alguém podia ter a infeliz ideia de analisar o tubo e ia acabar encontrando traços do nosso remedinho, não é? Também não será bom deixar marcas de injeção na sua pele. Por isso, vamos dar uma espetadinha no seu couro cabeludo. Mas não se preocupe. Não vai doer nada. E *quem* vai descobrir uma espetadinha no couro cabeludo? Tudo certo. Como este é o remedinho que você tomou, amanhã todos pensarão que o tratamento não foi aplicado a tempo, e tudo sairá bem. Chega de preocupações, você não acha?

Sentou-se à beira da cama, sorrindo como uma enfermeira dedicada. Na mão direita, trazia a seringa com a agulha voltada para cima. Com a esquerda, começou a acariciar docemente os cabelos de Isabel.

— Queridinha... Você será a terceira. Mas não vai me querer mal, vai? Acho que você também quer acabar logo com todos esses problemas, não é? A primeira foi Albertina. Tudo tão benfeito, tudo quase perfeito, se não fosse certa garotinha que gosta de causar confusões...

As carícias aumentavam de intensidade, feitas com as pontas dos dedos, como se a professora procurasse o ponto certo para a agulha.

— Albertina! Eu tinha de matá-la. A grande diretora, a grande educadora, querida por todos! E eu? Sempre à sombra dela. A ela, todos admirando. De mim, todos rindo. De mim, todos sempre riram, desde o tempo em que eu lecionava química. Você sabia que já fui professora de química? A melhor de todas, mas os alunos riam de mim. Por causa dela. Agora, ninguém mais vai rir, porque ela está morta.

A mão parou de acariciar a cabeça de Isabel e afastou-lhe os cabelos, descobrindo o local escolhido.

— Ora, não é que eu esqueci o algodão com álcool? Mas não fique assustada. Eu sei aplicar injeção muito bem. Não há perigo de infeccionar. Morra, queridinha. Assim... quieta...

A espetada doeu pouco e, em um segundo, o torpor que Isabel conhecia tão bem voltou a circular em cada uma de suas veias. Aos poucos, o quarto ficou ainda mais escuro.

— Assim... menina boazinha...

A voz e o comportamento daquela mulher davam àquela cena macabra o clima apavorante de uma missa negra.

De repente, como um sacrilégio, um ruído invadiu o quarto.

Já quase mergulhada no esquecimento, Isabel viu o rosto da professora, ainda sorrindo. Mas viu sangue. Sangue que brotava da cabeça da mulher, escorria por seu rosto e vinha empapar a camisola de Isabel.

A menina sentiu cair pesadamente sobre si o corpo inanimado da professora Virgínia, a vice-diretora da escola.

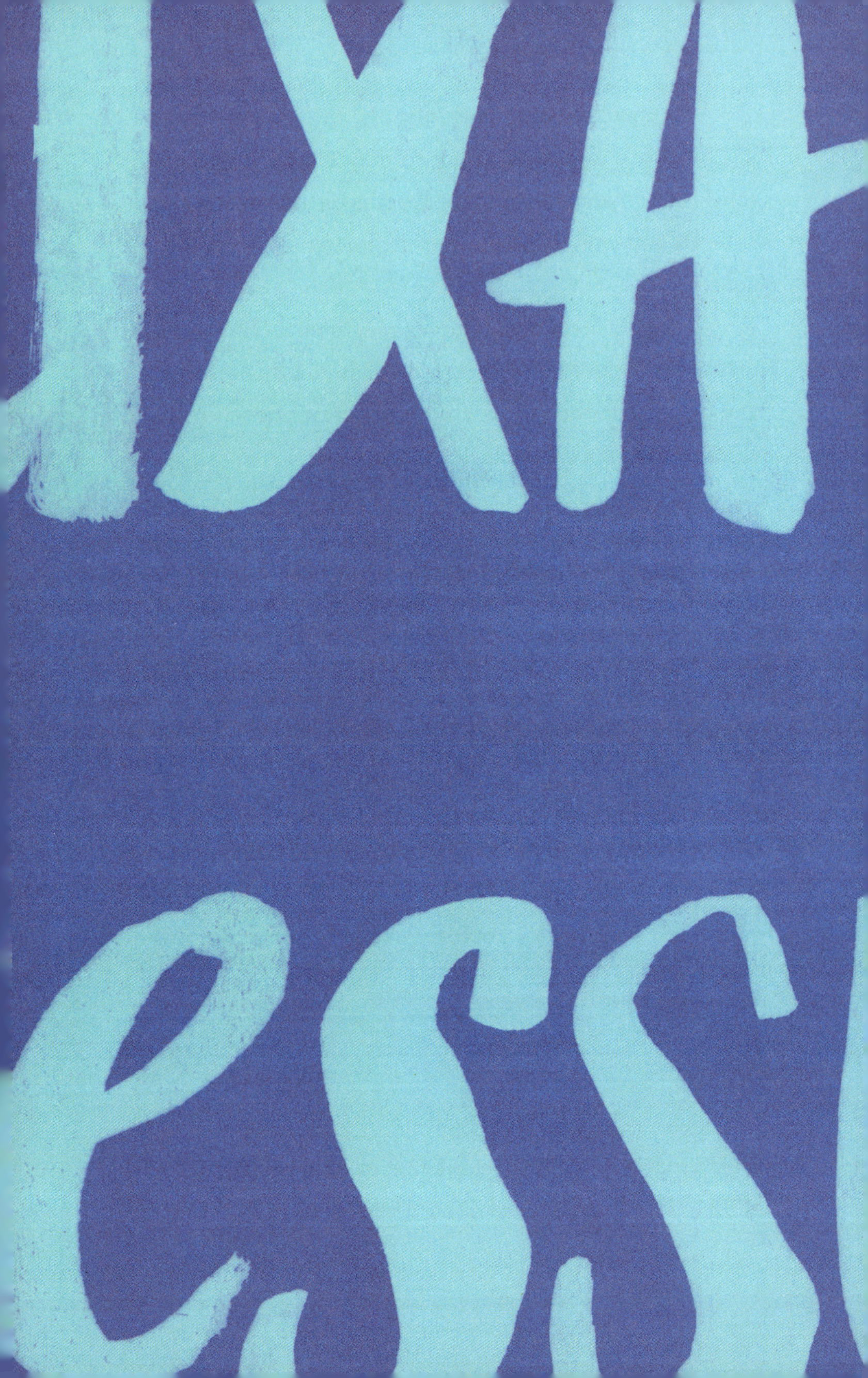

## III. Paixão que ressuscita

# Eu sei

Isabel estava muito fraca por fora, mas tinha a primavera por dentro, com todos os seus pássaros e borboletas azuis.

A luta dos médicos tinha sido terrível. Inconsciente, ela nada percebera; somente *vivera* aquela batalha.

E, por fim, sobrevivera a ela.

Sobrevivera como se tivesse acabado de nascer, com o humor e a alegria de alguém que, a custo, foi trazido de volta à vida. De alguém que, à frente, só vê felicidade sem barreiras.

O pai veio e, dessa vez, trouxe Helena (ou seria Lúcia? Ou Cristina?). A mãe, agora que Isabel estava fora de perigo, tinha deixado o hospital para buscar algumas roupas, sempre com a certeza de que a filha passara por tudo aquilo só para agravar-lhe a enxaqueca.

Mesmo fraca e debilitada, em seu primeiro dia de plena consciência, Isabel portou-se mais como visita do que como doente, sorrindo sempre, brincando com voz alegre e transmitindo ânimo a quem se aproximasse de sua cama.

# *que ele me ama...*

Duas batidinhas e entrou a atendente, trazendo mais uma dose anônima de comprimidos.

— Bom dia, querida. Que bom ver a sua carinha animada desse jeito!

— Bom dia! Isso não é animação, é vida! Viver é lindo. Amar é lindo. Ser amada é mais lindo ainda!

— Nossa! Como está a nossa ressuscitadinha! Se todos os nossos doentes fossem alegres como você, este hospital seria uma festa.

— Então vamos fazer uma festa. Precisamos animar este hospital!

— Você precisa é descansar sossegadinha para sair logo daqui. Todas as festas estão esperando por você lá fora.

— Eu dei muito trabalho, é?

— Se deu! Quando chegou aqui, disseram que era envenenamento por cianureto. Naturalmente, isso não era possível, porque o cianureto mata em poucos segundos. Tinha sido um calmante, não é? Mas os médicos demoraram a descobrir o que era.

— Puxa, eu só tomei dois comprimidos!

— É, você teve uma forte reação. Às vezes acontece. Eu nunca confio nesses remédios. Eu trabalho aqui, mas, quando estou nervosa, só tomo chá de erva-cidreira.

— Vou me lembrar disso, da próxima vez... — sorriu Isabel.

— O problema mesmo foi aquela professora louca. Ela injetou o mesmo calmante em você, só que uma dose capaz de matar um cavalo! Se não fosse aquele rapaz...

— Cristiano...

— É esse o nome dele? Você tem sorte de ser tão amada por um garoto como aquele. Ele arrebentou um frasco de sangue na cabeça da tal professora Virgínia, bem a tempo de...

Era a última recordação de Isabel: o sangue esguichando na cabeça da vice-diretora, escorrendo por todos os lados, empapando sua camisola.

— Deu até na televisão! Agora, aquela mulher maluca está toda costurada, lá na enfermaria da prisão. Se não fosse o seu garoto...

— Cristiano... Ele me salvou a vida!

— E salvou por duas vezes! Foi ele quem encontrou você em casa, caída no sofá, e chamou a ambulância. Depois, ficou o tempo todo por aqui, pressionando os médicos, perguntando por você a toda hora, chorando...

— Chorando!

— Só arredou pé do hospital quando soube que você estava fora de perigo. Acho que foi em casa se arrumar para que você o veja bem bonitinho...

— Cristiano! Chorando por mim...

A atendente ajeitou os travesseiros atrás de Isabel e preparou-se para sair.

— Você é uma garota de sorte, mas vai ter um probleminha para resolver.

— Um probleminha? Qual?

— Há outro garoto, não é? Apareceu aqui algumas vezes, também desesperado, dizendo a todo mundo que ama você, que não pode viver sem você.

Uma sombra passou pelos olhos de Isabel.

— Esse é Fernando. Um rapaz maravilhoso. O melhor amigo que uma garota como eu poderia ter. Ah, se não fosse Cristiano...

— Então você já escolheu, é? Um dos dois vai sofrer.

A alegria da sobrevivente diminuiu um pouco. Por nada deste mundo gostaria que Fernando sofresse. Mas ela estava amarrada para sempre pelo beijo apaixonado no jardim, pelo beijo da vida no sofá, pelo roçar da correntinha...

— Ah, Fernando, você vai ter de me compreender...

---

— Ah, Fernando, que rosas lindas! Obrigada, você é mesmo um amor!

Isabel teria preferido que a primeira visita não fosse de Fernando. Mas agora o rapaz estava ali, cheio de rosas e esperança, e ela iria fazê-lo sofrer. Rosana também sofreria, mas o que fazer?

"É melhor um fim trágico do que uma tragédia sem fim", pensou ela pela segunda vez.

— Senhorita Ilusão... a professora Virgínia enganou a todos nós, não foi?

— Quase que eu pago com a vida por esse engano... E o próximo seria você. Ela sabia que eu tinha lhe falado das minhas suspeitas.

— A pobre mulher louca não pararia mais. A polícia já conseguiu levantar todos os dados para encerrar o caso. Falei com o investigador. Virgínia foi uma mulher brilhante, mas a loucura estava tomando conta dela. Foi por isso que dona Albertina morreu. As duas eram grandes amigas e a diretora estava percebendo os sinais de desequilíbrio mental que dona Virgínia começava a apresentar. Primeiro, para protegê-la, encostou-a no cargo de vice-diretora, sem nenhuma função prática. Por fim, parece que ela estava cuidando da internação da amiga em uma clínica psiquiátrica. Foi aí que os delírios de perseguição da professora Virgínia transformaram a amizade por dona Albertina em ódio.

— Que horror, Fernando!

— O estranho é que a pobre não perdeu a genialidade, apesar da loucura. Muita coisa ela falou à polícia, depois de presa. Imaginou que precisava de um cúmplice, se bem que poderia ter feito sozinha tudo o que fez. Brucutu só serviu para nos caçar, você e eu no pátio, de modo que nossa presença inocente na hora da descoberta do cadáver fosse uma garantia de que dona Albertina morrera sozinha e fechada na diretoria. E para abrir a porta com a chave mestra, é claro. Por coincidência, a professora Olga apareceu também e Virgínia conseguiu uma testemunha a mais.

— Pobre Olga! E eu que cheguei a pensar que...

— Mas deixe eu lhe contar o que fez Virgínia para envolver Brucutu. Ele estava com problemas de dinheiro e ela o convenceu a roubar certa quantia da gaveta de dona Albertina. Depois, disse ao coitado que a diretora descobrira o roubo e que a única forma de livrá-lo da prisão seria matando-a. Só que dona Albertina jamais descobriria esse roubo, porque ele praticamente não aconteceu: a própria Virgínia tinha posto o dinheiro na gaveta para Brucutu roubar. O dinheiro era dela mesma!

— Genial! Com isso, Brucutu ficou nas mãos dela como um fantoche!

— Só que ele se apavorou quando ouviu nossa conversa na pracinha e resolveu ameaçar você. Aí, Virgínia ficou com medo de que ele fosse preso e acabasse falando demais. E o envenenou. Foi encontrado morto no quartinho em que morava. Com um papel de bombom ao lado...

— Coitado! Ele me assustava tanto, mas era apenas uma pobre vítima, como dona Albertina...

— Ou como você. Até o investigador ficou espantado com a ousadia da professora Virgínia. Ela o procurou e o convenceu a irem juntos à sua casa, pois *devia* haver alguma coisa que você sabia e não dissera no interrogatório. Uma ideia brilhante: quando você aparecesse morta, quem iria desconfiar que o veneno estava em um bombom oferecido na frente de um policial?

— Eu não esperava aqueles dois. Eu esperava que Olga chegasse...

— A professora Olga chegou um pouco depois, quase junto da ambulância que foi buscar você.

— Eu nem desconfiei quando Virgínia deixou o bombom sobre a mesa. Ela comeu todos os outros do saquinho... Quem havia de desconfiar que logo aquele último estivesse envenenado?

— Virgínia foi mesmo brilhante, Isabel. O plano para matar dona Albertina era perfeito. Ela usou o regime da nossa pobre diretora. Que pessoa obesa não comeria às escondidas um bombonzinho deixado sobre a mesa?

Depois que nós descobrimos o corpo, ela ficou fazendo aquela cena de histeria até entrar sozinha na sala. Daí, pegou o papel de bombom e deixou o envelope com veneno ao lado do corpo, depois de pressionar os dedos da diretora contra o envelope para marcar as impressões digitais. Sua única falha foi deixar o frasco do laboratório limpo de impressões, mas este era um risco a enfrentar, pois não seria possível trazer o frasco até a diretoria, pressionar os dedos da dona Albertina contra ele e depois colocá-lo de volta no laboratório.

— Isso tudo eu descobri, Fernando. Um pouco tarde, mas acabei descobrindo. No começo, pensei que a culpada fosse Olga, por causa das teorias dela sobre educação subliminar.

— Sei. Olga discutia certas teorias de forçar pacientes a aprender sem pensar, induzidos por métodos subliminares. E a ideia de deixar um bombom sobre a mesa de uma mulher gorda e gulosa parecia mesmo encaixar-se perfeitamente, como uma sugestão a que dona Albertina não poderia resistir.

— Foi isso o que eu pensei, Fernando. Mas depois percebi que, mesmo que ela tivesse encontrado um jeito de, disfarçadamente, apanhar o papel de bombom e deixar cair o envelope com veneno ao lado da morta, não teria a oportunidade de pressionar os dedos da diretora contra o envelope, na nossa frente. A única que ficou a sós com a morta e teve essa oportunidade foi a professora Virgínia.

Eu pensei nisso tudo enquanto estava desmaiando naquele sofá. Tentei desesperadamente falar, desmascarar Virgínia, contar tudo, mas a voz não saía!

— Como "não saía"? Como acha que a polícia descobriu tudo isso? Você falou pelos cotovelos. Não calou a boca um só minuto. Você deu todos os detalhes necessários à compreensão exata do crime. O investigador ficou admiradíssimo com a sua capacidade de dedução. Disse que você é um gênio. Graças a você, a polícia já estava atrás da professora Virgínia antes que a ambulância chegasse ao hospital. Você falou do bombom, do regime, de tudo! Eu ouvi tudinho!

— Como? Você *também* estava lá?

— Se eu estava lá? Mas se fui eu que... É claro que eu estava, meu amor. Recebi seu recado na livraria e fui correndo para sua casa. Aliás, a professora Olga também estava ao seu lado enquanto você a acusava de assassina...

— Ai, que besteira que eu fiz!

— Ela estava cuidando de você. O policial que guardava a sua casa quase chegou a prendê-la. Mas aí você virou o jogo e começou a acusar Virgínia.

— Mas Cristiano...

— Cristiano? — cortou Fernando com um tom de voz bem mais seco. — Sim, ele também apareceu.

Levantou-se e ficou olhando pela janela do quarto, que dava para o jardim do hospital.

Isabel decidiu aproveitar a deixa e dizer o que tinha de ser dito, do modo mais rápido possível.

— Sabe, Fernando? Você é um grande amigo e eu quero que saiba de uma coisa maravilhosa...

— Não sei se quero saber dessa coisa maravilhosa, Isabel.

— Mas eu quero que você saiba, Fernando. Estou apaixonada por Cristiano e agora sei que ele também me ama...

— Eu sou a pessoa menos indicada para você dizer que ama outro, Isabel. Porque você sabe que eu te amo...

— Oh, Fernando, compreenda...

O rapaz ainda olhava para fora.

— Eu sei, Isabel. Você falou o nome dele o tempo todo, durante o seu delírio. Em sua casa e aqui, no hospital. Mas, se você quer dizer que ama Cristiano, diga a ele mesmo. Ele vem aí, acabou de atravessar o jardim.

— Fernando, eu...

— Não se preocupe comigo, minha querida. Acho que chegou a hora de eu parar de insistir. Fique boa logo e seja muito feliz, meu amor...

*Caminhou até a porta e voltou-se para Isabel, sorrindo, como se as palavras da menina não o tivessem ferido como punhais.*

— Uma última pergunta, Isabel: por que você não comeu o bombom que a professora Virgínia deixou sobre a mesinha?

— Bombons engordam, Fernando. E eu estou de regime!

— Quer dizer... quer dizer que você não queria morrer?

— É claro que não! Pensa que eu sou idiota?

# Isso ninguém vai me tirar!

Ali, à sua frente, estava o garoto da sua vida. O garoto lindo como um deus, o garoto que ela havia ajudado a conquistar para a sua melhor amiga. O garoto por quem ela sofrera mais do que imaginava poder aguentar. O garoto por quem derramara mais lágrimas do que pensava ser capaz de produzir.

Todo o sofrimento acabara, finalmente. Agora ele estava ali, amando-a como ela o havia amado em segredo, durante tanto tempo.

Havia, porém, alguma coisa que parecia não se encaixar perfeitamente. Se Isabel fechasse os olhos e deixasse vir à mente as recordações daquele beijo no jardim, quando se sentiu mulher pela primeira vez, e daquele beijo no sofá, quando se sentiu quase morrer de amor, a paixão explodia dentro dela, como ela mesma havia escrito: um, dois, três, sangue! E, dentro do peito, seu coraçãozinho disparava como a corrida de um coelho em busca da cenoura.

Entretanto, de olhos abertos, o sonho não parecia o mesmo. Cristiano estava ali, lindo — ah, como ele era lindo! — amando-a, querendo-a... O que mais ela poderia desejar?

Cristiano ajoelhou-se no chão, ao lado da cama, e tomou a mão de Isabel.

— Meu amor, minha prima querida! Você sobreviveu para mim!

— Cristiano!

Por que ela se sentia assim? Por que não conseguia esquecer a expressão de derrota no rosto de Fernando? Remorso, talvez. Ela jamais teria querido magoar aquele amigo. Mas... o que fazer?

— Ah, Isabel, eu sempre te amei e não sabia disso... Eu te amo e quase te perdi. Mas agora tudo vai ser diferente, não é, meu amor? Agora, só teremos felicidade pela frente!

— Felicidade sim, Cristiano...

— Eu não sei dizer as coisas certas, minha querida. Eu nunca soube. Mas sinto como qualquer outra pessoa. E você... *você* consegue dizer tudo direitinho como eu sinto! Como fui tolo! Nas cartas que você escreveu para Rosana estava eu, inteirinho, lá. Nas cartas que você escreveu para mim, estava você, inteirinha, me amando... E eu não via!

— Cristiano, eu...

— Você vai ter de perdoar minha cegueira, minhas tolices. Eu nem sei como dizer agora quanto te amo. Acho que só digo o que sinto realmente quando você me dita as palavras. Quando digo o que você escreve, é como se eu dissesse realmente o que sinto!

Isabel olhou aquele rapaz bonito bem nos olhos. E sorriu.

— Você quer que eu lhe dite, neste momento, uma declaração de amor para mim mesma?

— Como, Isabel?

— Hum... deixe ver... Poderia ser uma declaração arrebatada, como: "Meu amor por você, Isabel, é capaz de arrancar a lua de sua órbita!". Ou submissa: "Eu me entrego a você — sou escravo do seu amor...".

— Ora, Isabel...

— Pode também ser possessiva: "Com meus lábios, farei uma jaula de beijos para te aprisionar!". Ou pode ser uma declaração ecológica: "Meu amor é um lago — venha banhar-se nele!".

— Isabel, você está brincando comigo?

— Pode ser exagerada: "Beberei o mar, se você for o sal!". Ou pretensiosa: "Minha paixão destrói a dor, constrói a esperança!".

— Chega, Isabel!

> — Chega sim, Cristiano. Chega de sofrer. Você pertence a Rosana e ela a você. Amaram-se quando se viram e depois se deixaram perder em minhas mãos. Viraram meus **personagens**. Mas chegou a hora de vocês se libertarem de mim e eu me **libertar** de vocês.

Por acaso você deve se apaixonar pelo compositor se a música dele o ajuda a conquistar a namorada? Ou pelo pôr do sol, quando as cores criam o clima certo para que ela diga *sim*?

— Isabel, você não compreende...

— É verdade, Cristiano, eu custei a compreender. Compreender que sou uma artista. Uma artista que criou os dois lados de uma paixão que só existia na minha cabeça. Mas o amor de você e Rosana é real. Vocês se amam, *apesar* e não *por causa* das minhas palavras. Se não sabem se amar sem elas, amem-se calados!

— O que você está dizendo, Isabel?

— Ou façam como todo mundo e busquem inspiração em qualquer poeta, em qualquer músico, em qualquer pôr do sol, em qualquer lua. De preferência, procurem um poeta que não tenha sido beijado por você em nenhum jardim e de quem você não tenha salvado a vida em nenhum sofá!

— Mas eu não...

— Deixe-me, Cristiano. Vá procurar Rosana. Eu sei que há uma grande verdade no meu amor por você. Uma verdade que não fui eu que escrevi. Uma verdade que foi escrita sem palavras, com um beijo, em um jardim de sonhos. Sei que jamais esquecerei aquele beijo, mas tenho de tentar. Devo minha vida a você. Duas vezes. Devo minha paixão a você. Para sempre. Mas eu não aguento mais. Tenho de esquecer aquele beijo. Tenho de esquecer você. Ou passar a vida tentando.

Cristiano não entendia nada. Levantou-se num repente e segurou a menina pelos ombros.

— Esqueça tudo isso, Isabel. Esqueça as cartas, esqueça tudo! O que importa é que nós dois nos amamos. Vamos começar tudo de novo, meu amor!

Debruçou-se sobre ela, com os lábios ávidos por beijá-la. Isabel desviou o rosto e, com as mãos, tentou afastar o rapaz.

— Não, Cristiano, por favor... eu não quero mais sofrer.

As mãos de Isabel espalmaram-se no peito de Cristiano. A camisa afastou-se, revelando o peito nu.

— Cristiano! A correntinha! Onde está a correntinha?

— Que correntinha, meu amor? Eu não uso correntinha...

Isabel livrou-se do abraço e, a custo, levantou-se da cama.

— Você... Você não usa correntinha!

— Por que deveria usar? De que está falando, Isabel? Eu não entendo...

— Pois agora *eu* entendo!

Com o corpo mal coberto pela minúscula camisola do hospital, tonta pelos vestígios do calmante que ainda circulava em suas veias, Isabel estava com o rosto em fogo.

— Eu vi tudo errado! Eu criei a fábula falsa! O beijo no jardim, *não* era você!

— No jardim? Que jardim?

— O beijo no sofá, *não* era você! O frasco de sangue, arrebentando-se neste quarto e me salvando da morte, *não* era você! A correntinha, *não* era você!

— Isabel, você enlouqueceu?

Como louca, Isabel ria, às gargalhadas, cambaleando.

— Como fui cega! Só enxerguei a fábula que eu mesma estava criando! Não preciso esquecer aquele beijo, Cristiano. Eu disse que ninguém haveria de me tirar aquele beijo, e isso ninguém vai me tirar. Ele é *meu*!

Cambaleou tonta até a janela. Uma chuva miúda enregelava a paisagem. E ela viu no jardim do hospital quem queria ver.

— Me espere, meu amor...

Arrastou-se como bêbada para a porta do quarto.

— Não, Isabel! Você está muito fraca. Não pode sair da cama!

— Volte para Rosana, Cristiano. Ela o ama e você a ama. Agora tenho de consertar todos os enganos que eu mesma criei. Tenho de encontrar a pessoa que me amou como eu sou, sem fábulas, sem versos, sem cartas, com todos os meus problemas e as minhas loucuras. Adeus, primo querido. Volte para Rosana!

Enfraquecida, seminua, abriu a porta e correu pelos corredores do hospital. Suas pernas mal obedeciam e o frio do pavimento penetrava-lhe as solas dos pés.

— Meu amor, espere por mim!

Livrou-se de um atendente que tentou detê-la, e chegou vermelha, ardendo em febre, à porta do hospital.

No meio do jardim, um rapaz levantou o olhar para ela.

— Isabel!

— Fernando!

Tropeçando, escorregando, Isabel correu pelas alamedas molhadas na direção dos braços que a aguardavam.

A chuva colava sua camisolinha ao corpo quando Fernando a abraçou.

— Fernando, meu querido! Eu preciso dizer...

— Quietinha, meu amor! Você já falou demais...

E os lábios de Fernando procuraram a boquinha trêmula de Isabel, calando, com um beijo apaixonado, tudo aquilo que não mais precisava ser dito...

A chuva apertou, encharcando os dois, como se quisesse dissolvê-los em um só corpo, num *abraço eterno*...

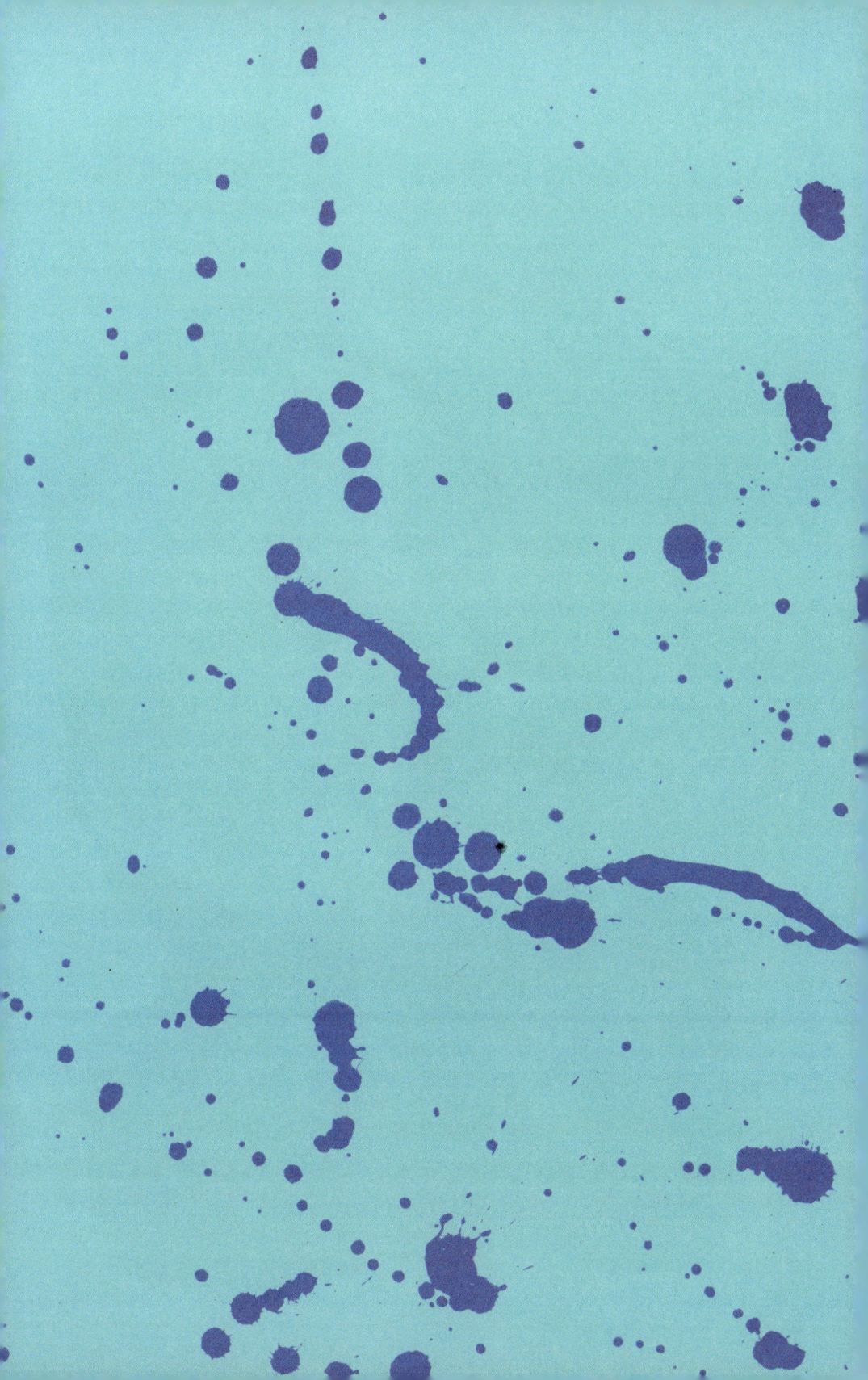

© Arquivo do autor

Meu nome é **Pedro Bandeira**. Nasci em Santos em 1942 e mudei-me para São Paulo em 1961. Cursei Ciências Sociais e desenvolvi diversas atividades, do teatro à publicidade e ao jornalismo. A partir de 1972, comecei a publicar pequenas histórias para crianças em publicações de banca, até, desde 1983, passar a dedicar-me totalmente à literatura para crianças e adolescentes. Sou casado, tenho três filhos e uma porção de netinhos e netinhas.

*A marca de uma lágrima* é um livro que começou a nascer há muitos anos, quando eu me dedicava ao teatro, que foi meu berço emocional e intelectual. Desde aquela época, a peça "Cyrano de Bergerac", escrita em 1897 pelo francês Edmond Rostand, era uma das minha preferidas. É a história de Cyrano, um espadachim feio e narigudo que escreve cartas de amor para sua amada Roxane em nome de seu rival, o belo Cristian. Muito tempo depois, quando já dedicava minha vida à criação de literatura para os jovens, pensei que a beleza dessa peça não seria aproveitada pelos jovens de hoje devido à sua linguagem muito antiga e rebuscada e resolvi reescrevê-la. E Cyrano transformou-se em uma menina de 14 anos,

criativa, inteligente, talentosa, mas cheia de complexos. Foi assim que nasceu Isabel, a filha que não tive, mas que, transposta para o papel, passou a ser a filha que eu inventei.

Mas, enquanto escrevia, uma série de dúvidas não me saía da cabeça:

— O que estou fazendo? Pode uma menina de 14 anos apaixonar-se de verdade? Pode qualquer jovem de 13, 14 ou 15 anos amar verdadeiramente alguém? Como é a cabeça de um jovem dessa idade? Como são os sentimentos desses meus leitores? Serei eu capaz de penetrar e entender o coração dessa juventude?

Aí está *A marca de uma lágrima*. Neste livro, procurei pensar e compor poemas como se eu próprio fosse Isabel e estivesse apaixonado aos 14 anos. Nele, está o meu amor pelos jovens, minha confiança em sua força, em seu talento, em sua capacidade de construir um mundo melhor. Está minha fé no futuro. Estou eu, inteirinho.